U0048053

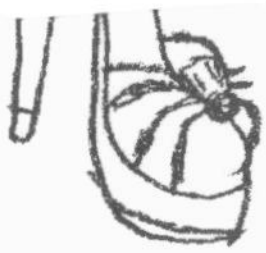

地獄公主
ジュージュー漢堡店

吉本芭娜娜／著
陳寶蓮／譯

地獄公主漢堡店

給台灣的讀者

吉本芭娜娜

對為了工作和訪友而必須到台灣兩趟的我來說，台灣的讀者和日本的讀者完全無異，感覺非常親近。

在人生遭逢苦惱、難過、死別的哀傷、以及最最歡樂的時刻，小說中的人物能夠貼近你們身旁，提供一些幫助的啟示，我感到很幸福。

《地獄公主漢堡店》的主角努力認真地生活，談著睽違多時的戀愛，但兩個人畢竟老實，也因為曾在戀愛上慘敗過，所以進展得毫不激情。女主角對自己家開漢堡店以及學歷不夠亮眼，有點畏縮。讀者能看到這些，我很高興。

因為，我們的人生必定有所從屬，在某種意義下受到壓榨。來自父母、公司、社會、國家等等。

在這之中如何生存？我稍微觸及。

關於自由，讀者不妨也試著稍微想想。

二〇一三年七月

總會有辦法的

總會有甚麼辦法的
總會有甚麼辦法的
總會有甚麼辦法的
總會有辦法的

總有一天會有辦法的

總有一天會有甚麼辦法的
總有一天會有辦法的
總有一天　會有辦法

你無可奈何
你這一生就是那樣
你無可奈何
無可奈何

幫我想個辦法吧
幫我想個甚麼辦法
幫我想個辦法

幫幫我

我穿著涼鞋
站在飯館前面
望著天邊的雲
一直、一直

上帝會主持正義吧
總有一天會主持正義吧
世界被光包圍
人們四處奔跑
許多、許多人

天空沒有飛鳥
海裡沒有鯖魚
總會有甚麼辦法的
總會有辦法

一切會好轉
一切會好轉
一切會好轉
總會有辦法的

一切會好轉

一切會好轉
一切會好轉
總會有辦法的
總會有辦法的

（總會有辦法的　作詞／町田康）

失眠的夜晚，我就翻看一直放在枕邊的漫畫《地獄公主莎樂美》。這套書有幾本已經破破爛爛，而且是第三代了。第一代是媽媽擁有的單行本。如今慎重地供在神龕上媽媽的照片前。只有特別疲累的時候，我才會輕輕取下，心裡想著媽媽，像充電般靜靜貼著臉頰。彷彿聞到媽媽的氣味，摸到媽媽的手。

四肢修長的莎樂美，是個模特兒，也在牛排屋打工而引人注目。媽媽以前做過業餘的模特兒，和爸爸戀愛結婚後，成為牛排店的老闆娘，因此，她總是說，在那部漫畫中感受到自己的命運。

媽媽手邊總是擺著莎樂美的漫畫，像護身符似的，百看不膩。旅行的時候必定帶著，放在枕邊。

媽媽說，睡覺前翻一下，心情自然會平靜下來，再度湧起到店裡打拚的勇氣。她偶爾含著眼淚，輕輕擦拭眼尾。以前我總覺得奇怪，這本開朗快樂的漫畫怎會引起媽媽傷心？但是現在，我似乎可以理解媽媽的心情了。

讓媽媽傷心落淚的，是莎樂美的好友、JUJU牛排屋的店長平子，和已過世父母相會那天的情節吧？

還有，莎樂美和蒿苣的靈魂說話，讓它下輩子轉世投胎成貓的那段？然後，莎樂美找到失散的媽媽，平子以為她不會再回店裡而傷心哭泣的那段。

以及，帥氣的比利說謊和敷衍了事惹得莎樂美生氣的那段，也讓人看得入迷。

我和媽媽一樣，只要看到從小就在一起的莎樂美哭哭笑笑、感冒發燒、肌肉痠痛，就會感到平靜。莎樂美居住的虛構城市，那密切連接地獄和這個世間的世界，是我和媽媽獨有的搖籃曲。不知不覺培育出我們心中的莎樂美空間。因為我總是探頭窺看媽媽手上的漫畫，看到莎樂美的可愛笑容。

竟然都這麼久了！不知不覺中，媽媽死了，我也到了這個年紀。真是難以相信。

媽媽死了以後，淚眼模糊的我，只有在看莎樂美的時候，輕飄無力的雙腳才能穩穩著地，心情舒緩。

謝謝你，莎樂美。

我這麼想著，深深潛入無意識的大海中。

那個時候，不是幸福，也不是不幸，只是像水母一樣漂浮。

在那裡，莎樂美們、我、在天國的媽媽，還有現在一起生活的現實世界中所愛的人們，和樂融融。

那是我的冥想。只要進入那裡，力量就靜靜恢復。

畫出莎樂美的朝倉世界一先生在後記中寫道。

「有時候，我覺得莎樂美的個性很壞，自私任性，老是給身邊的人製造麻煩。她自己也清楚這點（大概吧）。眼前堵著一道牆，就摧毀它，摧毀的時候，她應該也會覺得痛。但就是無法停止。她不想在活著的時候停止。身為作者，我認為那正是她的魅力所在。」

雖然沒和媽媽談過，但是我懂。因為我也為這篇後記哭泣。和媽媽一樣。

我偶然仰望夜空，對著肯定在上面的天國傾訴。

媽媽會像平常那樣歪著纖細的脖子說，是啊。即使沒有言語交談，我們也在適當的距離內一起生活、勤快工作中，用身體或靈魂隨意交談。

我知道，心在舒展，向著宇宙，向著有星星的遙遠上方。心藉著吸入的空氣量，飛向遠方。又藉著呼出的空氣量，回到身上。

我和媽媽都喜歡莎樂美，因此爸爸十年前改裝牛排館時，把店名改成「JUJU」。

之前用的是「德州」這個很普通的牛排店名字。爸爸看到媽媽那麼沉迷莎樂美，不但去看個展，還請朝倉世界一先生簽名，於是說，既然那麼喜歡，機會也難得，就取個有關聯的店名吧。

如果這部漫畫早一點出來，我的名字無疑會是莎樂美，就這麼毫釐之差，我成了美津子。

那樣可愛的媽媽六年前心臟病發，在店中暈厥，隨即過世。

媽媽在醫院臨終時，以夢幻的表情說：「沒想到這日子會來，我還想再工作一段時間耶！不過，我很高興是在店裡倒下。」愛漂亮、開朗、愛乾淨、凡事沒確實整理好就不舒服的媽媽，也把自己的人生好好整理後才離開。

當然，人生不是漫畫，媽媽有肉體，我幫媽媽擦拭遺體、化妝（媽媽皮包裡的海綿粉撲有一點髒，顯得那麼生動，讓我難過得不覺緊緊抱住已經死去的媽媽），媽媽確實死了，我挪動她還有微溫的身體，幫她更換衣服。但不知為何，躺在棺木裡的媽媽看起來就像在裝死而微笑的莎樂美。

像可愛的流星瞬間閃亮便消失在天空一樣，美麗的死亡方式。

牛排及漢堡店。

播放的是鄉村音樂。木造式建築的裝潢，牛排和漢堡盛在滋滋作響的鐵板上端出來……咖啡很淡，必定裝在馬克杯中。

那種感覺是七〇年代、也是我爸媽青春時期的夢想店家氛圍。原汁原味的日本滿懷希望時期之味。

如今，那個印象被各種連鎖店稀釋掉，不只變得稀鬆平常，而且在美國本土，那種店也很少了，只有當時的夢想氣勢仍綿延存活在日本各地。

爸爸媽媽在爺爺奶奶擁有的這一小塊土地上，全盤吸收那個夢想，開了JUJU。生意非常好，經常搬運沉重肉塊和鐵板的爸爸忙得都沒時間治療腱鞘炎。我出生後，牛排店越過時代的浪潮，繼續營運。

但是，媽媽一死，爸爸消沉到極點，身上好像有甚麼東西脫落了。

爸爸只有形體來到店裡，煎出完全一樣的牛排和漢堡，味道依然好吃不變，只是，店裡已沒有以前那個堅強核心似的感覺了。

不論我怎麼努力，也無法像媽媽那樣保持店內的清潔。

看到生意做得不順，決定繼承這家店而去烹飪學校上課的遠親進一，提早來到店裡幫忙。

就那樣，第三代ＪＵＪＵ火速出發。

爸爸說，既然上了烹飪學校，就做出你自己的特色吧！可是進一堅守爺爺傳給爸爸的味道和菜單。

進一本來喜歡化學實驗，想讀理工科系，嗜好登山。正因為他個性踏實，執著這種類似完全複製的作法與味道，才能相當成功。我對這點非常放心。

ＪＵＪＵ的牛排和漢堡具有魔力。不能改變。進一非常清楚這一點。他也以能夠重現那個滋味為傲。完全不把自己放進去，他以此為傲。

牛排只有洋蔥醬一種。細心拍打過的上等沙朗牛排煎到完美的熟度放在鐵板上，端出廚房。

還有，爺爺和爸爸密傳的漢堡作法，是用價位適中的各種部位牛肉巧妙混合而成。不放豬肉，也不放進口牛肉。只用乾燥的麵包粉和雞蛋來黏合。牛肉放入機器，軋出細碎的絞肉。攪拌的時候，直到肉變得鬆軟為止。爸爸仔細看著肉色的粉紅程度。他果然專業。這個作業雖然可以憑著熟悉的感覺來做，但他還是盯著該看的東西。只要有一點點不對，立刻改變調配內容。那種眼神看似茫然卻直指核心。動靜柔緩如修練武道至極的人。

我總以為，爸爸看著生肉色澤的冷靜感覺，簡直就像醫生。

絞肉加入鹽巴和胡椒，放著讓它醒一醒。然後，以前是爺爺和爸爸，現在是爸爸和進一，用大大的手掌捏成鬆軟的圓形，壓出裡面的空氣，用小火慢慢煎。

醬汁是清淡的 demi-glace sauce（多明格拉斯醬）。

配菜是燉胡蘿蔔和奶油炒四季豆。

不論吃多少次都不會膩。

不論心情多糟糕，外表看起來感覺味道多麼膩，只要吃一口，哎喲？味道真好！心情像被施了魔法，感到意外的驚喜。

媽媽過世後的混亂時期，ＪＵＪＵ暫停午餐時間。

進一來了以後，也沒重新開放午餐時間。因為心情憂鬱的爸爸提不起勁，早上起不來。等他慢慢恢復吧。

因此，我突然有了自由的時間。

以前的生活幾乎整天都耗在店裡，所以現在感到很新鮮。

我在店裡長大，密切到讓人懷疑我是和店一體化而生的機器人，或是從店分裂出來的人。

我不會做別的事情。甚麼也不會做。如果要我做，當然也會做美味的牛排和漢堡，可是看到爸爸腱鞘炎經常復發的樣子，心想，我如果繼承這家店，也會傷到右手吧。不停地揉搓、煎烤，那終究是男人的工作。

我喜歡利用突然多出來的時間，悠哉地到附近散步。仔細觀察，每天都有各式各樣的事情發生。街區的小小變化連接更大變化的流動，很像海浪，我喜歡。

媽媽死的時候，街上看起來陰鬱灰色，以前很少上街的我，不論走到哪裡，都會有關於媽媽的回憶，忍不住蹲下來流淚，但是最近，感覺世界的美麗色彩回來了。

一個冬天的早晨，哎喲？茶花的顏色變得濃豔美麗，葉片也肥厚濃綠！那是一個契機。世界從茶花這扇小窗，慢慢找回它的顏色。

我每天同樣地散步，看到相同的人，把世界一點一點改變的模樣和色彩收入眼底。

處理牛肉和油脂，不是清爽乾淨的工作。身體會沾染味道，黏糊糊的，眼睛腰腿總是痠疼，不吹吹大量的清風，無法消除疲勞。出現這個狀況，是在最近，因為以前都在媽媽的光芒守護下，媽媽死後，我才專心打理店務。

那個下午，是店裡中午不供餐以後的典型午後。

做完家事，經過立著舊燈籠、石塊有點殘缺的老院子，逗逗白天都在院子前面的裴洛，出門散步。散步、巡視，調整好上工的狀態。是每天例行之事。

毛色帶有奇異斑紋的中型雜種狗裴洛，本來是媽媽朋友家的，因為晚上會亂跑，他們不想養，於是媽媽要回來養。

爸爸說餐飲店不適合養狗，媽媽哭著哀求，爸爸禁不起媽媽的哭求，只好答應。進一幫裴洛蓋了一間日光室，年老的裴洛最近都睡在那裡。

看著裴洛的肚皮隨著呼吸上下起伏，就覺得人類很不可思議。那邊把同樣動物的肉剁成細碎，這邊卻愛憐地上下撫摸牠連著肋骨的肉。只有人類顯現這種矛盾。

真的不可思議，但這種不可思議不能用不吃肉的形式來簡單解決，雖然這種矛盾始終是個人的事情，但一直都存在。生於這個制度中的我們，在「吃」這檔事上，一定也有甚麼可以貢獻的。

雖然悲哀，但我確信，將來有一天我會死去，被某種東西吃掉。肯定會被吃掉，化作地球、空氣、看不到的更大存在的能量。人類不可能單獨逃離這個連鎖。牛肯定知道自己會被吃掉。人也一樣，只是假裝沒發現死後會變成別人的養分，努力存活到最後一天。

院子裡有一間獨立的小屋，進一結婚以前，一直住在那裡。從他小時候家裡出事、被父母拋棄後，就一直住在那裡。

不過，這裡現在已經成為進一的休息房間。

進一會提早來店，做好準備後，在這裡小睡一下，或是看看書。那天他大概出去了，不在裡面的樣子，所以我也沒打招呼，逕自出門。

一出門，先遇到藤澤婆婆。雖是午後，卻在整理庭院樹木。

「婆婆，怎麼這個時候澆水？」

「今天早上出去了，沒有澆。要出去啊？」

「嗯。」

「走好啊！」

從小至今沒有變化的街坊對話。

走出巷子，看到住在公寓一樓、總是茫然望著窗外的長田伯母。

「走好啊！」

伯母笑著。那次停電時借給她手電筒以後，她都會很自然地和我打招呼。因為她總是在窗口茫然望著巷道，大家不用擔心小偷闖入。她大概有接受政府的生活保護，沒有家人，也沒做事，但鄰居常常對她說：「有你在監看，我們都放心囉！」偶爾以感謝的名義，分享一些東西給她。能幫上附近的人，讓或許踽踽走在孤獨人生中的她，得以健全保持自尊。

往車站的途中，遇到濱爺爺。

濱爺爺不知是癡呆了，還是本來精神就有問題，總是在這一帶徘徊，但基本上他在管理兒子家的停車場。有車子來時，即使是和停車場沒有關係的車子，他也一視同仁地熱心指揮。

「濱爺爺，午安。」

濱爺爺點點頭。

總是西裝領帶、穿著整齊，是他的特徵。眼睛斜視，有點禿的白髮細膩貼著頭皮。大家相信，濱爺爺到死以前都會站在這個角落指揮車子。他是一個人，也是一幅風景，在某一意義上，這是個幸福的工作，所以沒有人會去干涉他。

這裡就像一池溫水，看似毫無變化。

在這裡面，偶爾出現生死的問題，改變了周遭氣氛。

想到有一天我也死了，社區互助會的年輕人受理後事，幫我舉行葬禮，由認識的人抬棺，就感到放心甚於遺憾。我希望就是這樣，這樣就好。盡量慢慢地、一點一點地來比較好。

我想看到認識的老人直到最後，會這麼想，是理所當然。購物、嗜好、花錢，為了這些強被灌輸的觀念而消費自己的人生，是枉然的。因為，與自己有關的更重要、更麻煩但容易理解的事物，自會迎面而來。運用、處理、體驗那些事物，才是人生。在店裡看過形形色色的人的我，很早就知道這點。

沒錯，那是一個平淡無奇的午後。如果知道那是開始改變的日子，我會更加好好體驗那尋常的一日。

回想起來，那個午後甜美得像是上帝賜給我的特別美夢。那動亂之前的尋常甜美，一個人的自由芳香。

在車站前的花店買一束花，再繞到有點遠的天然食品店，買了新鮮的胡蘿蔔和巧克力，去看夕子。

夕子是進一的太太，過著幾乎足不出戶的生活。

偶爾在外面看到她，我都會悚然一驚，她的分身（生魂，doppelganger）出來了？

她小時候嚴重受傷過，左腿神經受損，變成長短腳，無法輕鬆出門。還有，她實在美如夢幻，進一也不願她出門。

有這種婚姻，很值得參考。只要當事人覺得好，這樣就好。

我甚至覺得自己以前太緊繃了。

雖然偶爾也談談戀愛，但我在店裡太拚命，青梅竹馬的進一總在身邊打轉，我也經常渾身油味，常讓戀情無疾而終。

我曾經流掉我和進一的孩子。

那時我十七歲，進一還是大學生，還沒進入就業和閉門不出的時期。

我們都天真地以為將來會結婚，凡事都直接連在一起，像猴子般直接交換身體的熱情。

那時的進一，是我的兄弟，是戀人，也是朋友，我們合為一體，毫無矛盾地生活。

我不知道該如何形容那些日子的幸福。只要每天看到進一，我就滿足至極。

有了孩子很高興，當然想生下來。進一也這麼說。我雖然想生，但看到進一的表現，覺得不可能。

進一感到不安，他雖然對我說，生下來，我們要結婚，我會盡量照顧你。但是從那天起，他突然睡不著也吃不下，也不再看我的眼睛。

我不覺得這種狀況符合「要結婚」這句話。

之前，我們還像小狗一樣依偎在一起，蓋同一床棉被睡覺，一起看午夜電視，咯咯大笑，分享買來的點心，現在，彼此突然變得比這世上任何人都要遙遠。

我從沒像當時那樣悲傷過。那和憎恨不同，不能歸咎誰，事實帶來了並非虛無的真實，讓人一味地深深悲哀。

人生就是這麼回事，如果強要認定是好的，或許看起來確實很好。可惜，那只是催眠術。這個才是人生。就只是那麼回事。

我很早就領悟這點。

好吧，生下來，放在娘家撫養，絕對不讓進一碰他／她。雖然下了這個決心，卻很悲哀。也許是太過鑽牛角尖，我隨即流產了。在我身體情況很壞的臥床期間，進一還想做一件更糟的事。沒錯，他就是那種人。直到現在，想起那天的事情，仍然感到恍惚。覺得這輩子不會再和他共有、分享甚麼了。所以，那是真心的分手。

他想去醫院做結紮手術。

我如果沒有發現預約單和手術前注意的紙條，一切就完了。

我聲音顫抖，擅自打電話幫他取消預約，質問回到家裡的進一。

「你在想甚麼？你還年輕啊！」

我哭著對他說。我也還年輕，沒有立場說出這話，但我絕對不願他做那種事情。

「我實在做不到不再做愛，但我可以不要有小孩。」

進一說。

「可是，做了那個手術，你和別人不會有小孩，和我也不能生了啊！」

我說，

「萬一你改變心意了，怎麼辦？」

「就再動手術嘛，不過，大概很難吧。」

進一說，

「重要的是，因為讓小美那麼痛苦，我覺得自己必須做點甚麼不可。」

這傢伙真是笨蛋！

讓彼此痛苦，分擔痛楚。可是，我們好像又分不開，那就可能還想做愛。不考慮未來。年輕男孩想法的愚蠢。

我真想罵他，你是想這輩子別再發生這樣可怕的事就好？還是想逃避？連商量都沒有，甚至察覺不出那件事對我的傷害。所謂外人，就是這樣嗎？我感覺觸動了睡在自己靈魂深處的憎恨漩渦。在如此深處打漩，像寶藏似的變得更強更大。

爸媽忙於開店疏忽照顧我而來的所有悲哀，和一切心灰意冷的瞬間，全都凝聚在那裡，如岩漿般沸騰冒泡，輕輕一碰就會爆發，一切消失。這麼想後，我只有更加忍耐。對，就讓它留在那裡，只有我知道它的存在。就這麼想。

當時，我的夢想是和進一結婚，繼承JUJU。我以為能夠實現。不對，是不可能不會實現。

高中畢業後，我就到店裡工作，希望早早結婚，生很多孩子，熱熱鬧鬧地開展生意，平穩地生活。

可惜因為那件事，那個夢想只短暫存在就破滅，沒能實現。戀愛的夢想、以及這世上有成熟男人像爸爸那樣守護我的夢幻基礎，全都徹底崩毀。

其實仔細觀察，也可明白並不是爸爸守護媽媽。爸爸只是守護媽媽不受社會波及，並非守護媽媽的人性。毋寧是媽媽守護了爸爸的人性。

難道，那只是單純的give & take嗎？再也回不到讓人全心投入的天真了嗎？我似乎可以理解。

很多人說，如實活著，即使失敗了，重新再來就好。可是，如實活著，總會有某個地方受到小小的損壞，再也無法重新來過。心裡雖然想著，做愛後懷孕，懷孕了就結婚，這樣不就好了？但那樣單純地前進，為時尚早，組合也不對。

因為那件事，我不再到進一住的小屋。

爸媽也半默認，雖然還住在一起。

那段時期，進一的小屋在院子裡，看起來就像院子裡有個厚重礙眼的東西。像是明明不想看見卻偏偏看見的惡夢殘骸、骯髒廢墟。雖然模糊，但因為厚重，總是看得見。我都抱著被迫看到的心情走過。

一切都消失以後，連回憶也黯淡模糊。曾經興奮喊著「進一」敲開的門，已經無法無條件地接納我。

後來，進一忙著就業，我們難得碰面，一段日子後，他突然辭職，窩在小屋裡。

那時候，小屋窗戶透出的燈光色彩，一味地讓人擔心。

我常常擔心他在裡面自殺，跑去查看。我作過幾次惡夢。發現進一在屋中上吊，或是我外出時接到進一的死訊。我嚇得一躍而起，心臟狂跳。好幾次想到進一的房間看看，但身體動不了。這種情況一再重複。

其實我是杞人憂天。

進一常常和山友同行，或是獨自登山，愉快得很。

他悠閒作畫、讀書、上網，泡咖啡給去探望他的我和媽媽喝，就像住在山林小屋裡的老爺爺，害我掃興得想要生氣。

不過，在那個時期，進一把自己封閉在心裡、沒有四處向外發散，讓我們的關係得以成長。我那時候也交了男朋友，會找他商量，兩人的關係漸漸修復。

當然，在那關係之下的地層裡，有我們戀愛的歷史，但已經成為化石。

進一沒有迷戀我而逃避，他想重新建立我們的關係，我也配合。

後來，進一去上烹飪學校，和夕子閃電結婚，進入ＪＵＪＵ。

那時候，幾乎和小時候一樣的窗戶燈光回來了。

啊，進一在屋裡。看到那個燈光，感到好平靜，好希望他一直在身旁。同樣的燈光裡面有著同一個人，感覺卻是那樣不同。這麼一來，就可以理解人生沒有必然之事。現在不那麼壞，這樣就好。

進一繞了一段路，結果還是回到我們家族的ＪＵＪＵ。

我的夢想算是成真？還是徹底被敲碎成最後一片碎屑？我到現在還不清楚。感覺兩者都是。

曾經那樣喜歡進一的心情到哪裡去了？怎麼也想不起來。

不過，我不覺得有人比進一更愛ＪＵＪＵ。

因此，我很高興，像是卸下一個重擔。

一切都是為了這個結果而被迫繞路嗎？

我領悟到，要讓人生簡單，並不容易。就像衝浪。海浪時時刻刻變換姿態，我們只能隨時保持平衡。即使姿勢有點扭曲，只要保持意圖，在時間中，事情會變得單純。

我的軸心常在我和媽媽的ＪＵＪＵ（不是廚房，而是外場），如果不好好看著那裡，會一團混亂。

我高中畢業，除了自家店裡的事，其他甚麼也不會，而且只會處理肉類。要往壞處想的話，是很糟糕。不過，在街坊和客人包圍的本店歷史中，我是第二代莎樂美。就像媽媽那樣。或許，莎樂美是第一代，我和進一，算是第三代。

我覺得進一和夕子很像。

那種不是微妙的受傷程度、而是親子關係的根本徹底受到傷害、獨自撐過來之後的空虛感，一模一樣。

因此，進一在夕子身上，第一眼就如觸電般看到相同的景色，覺得不能錯過。

他們都不太在乎別人怎麼想，有莫名的大膽之處，也有欠缺常識的一面。

進一是一見鍾情，瘋狂地愛上夕子。聽說他們在黃昏的街頭擦身而過，進一立刻轉身跟著她走。哭著搭訕，要怎樣才能再見到你？無論如何想再見一面。

那時候，為愛煩惱而瘦了五公斤的進一，不論晝夜，經常找我商量，我鼓勵他，親切待他，終於完全找回對待遠親的普通感情。那也像為人父母的心情。要讓這個孩子幸福，要讓他一切順利。意願之強，連我自己都驚訝。

我們那在深處變成化石留下隔閡的關係，打開了通風孔，流入新鮮的空氣。他如果沒有和夕子結婚，只要有我在，他或許不會繼承ＪＵＪＵ。

在進一為夕子癡迷，發瘋似的心神不定、身心敞開的那個時期，我下定和他一起經營這家店的決心。

對於進一的熱烈求婚，夕子說：「如果可以不出門，結婚也好。」

附近的孩子都叫夕子「幽魂夕子」。她的身體太單薄，站在窗邊，看起來像是妖精或精靈……，老實說，最像的是「幽魂」。

不過，他們不是住在古老的洋房，愛巢只是舊公寓的一個房間。那棟公寓有個小小的中庭，天氣好的日子，夕子整天坐在陽台望著中庭。大家從公寓大門邊瞥見時，都會以為是鬼魂，而嚇一跳。

敲敲門。

「來啦。」

尖細的聲音。門打開了。

我不知道遠房親戚的太太和我是甚麼稱謂關係，反正她是我的親戚，雖然她偶爾會皺著眉頭說我：「小美，你身上的漢堡味道好重，我呼吸不過來，可以開空調嗎？」但我們的關係良好。

「啊，小美，你來啦。」

夕子嫣然一笑。

她的皮膚白得透明，沒有肌肉，身體像紙片一樣薄。此外，她看起來總像站在彩虹薄膜的另一邊，讓人懷疑這是人嗎？

「進來吧。」

夕子拉著我的手。冰冷的手。但確實有皮膚的觸感，也看得見靜脈。她還活著。不確認一下就會忘記似的。

「我只能坐一會兒，等一下還有事。」

我說。

「進一買東西去了，剛剛出門。」

夕子說。

她總是待在屋裡，穿的也都是睡袍似的薄衫套在黑色蕾絲襯衣上，短髮蓬鬆，露出雪白的脖子。說出來有點那個，但是想到進一日日夜夜抱著這個人，太過旖旎的風光，甚至讓我有點羨慕，興奮莫名。

不是乳房特別豐滿，也不是臀部圓翹，而是包覆她整個人的一層美麗薄霧。使她柔美中帶有奇妙的性感，像遠處朦朧的山景。感覺光是得到這樣的人，人生就值得讚賞了。

夕子有一天說，出門很累，決定不再出門。我想，那是當然。上帝為甚麼創造這樣的人呢？就像有那種特別粗製濫造的人一樣，偶爾也會有這樣細緻的人。那股非語言的說服力，讓人豁然理解，有這樣外表的人有這樣的靈魂很稀奇，所以才有這樣奇異的人生吧。

夕子沒有問我喝不喝茶，在廚房裡靜靜調製用沛綠雅礦泉水勾兌濃縮藥草汁的飲料。

這也是非常適合她的飲料。

她把裝著淡紫色液體的酒杯遞給我。

我像參加雞尾酒派對的人，接過酒杯，放下背包，輕輕坐在沙發上。每次來到這裡，就覺得自己像個粗魯魁梧的大叔。

「這是一點心意。」

我遞上帶來的東西。

「謝謝。」

她纖細的手接過去。

瞇起眼睛。

「美津子身上有漢堡的味道。」

夕子說。

「和進一同樣的味道。」

「是啊，因為我們在同一家漢堡店工作。」

我說。

「還有，」

夕子嘶啞如呢喃的聲音說，

「戀愛的清香，有即將戀愛之人的味道。」

啊？我看著她，卻看不清她的臉。

只看見薄霧對面清澈閃亮的眼眸。現在如果說，這個人是被因忌妒而瘋狂的進一或其他男人勒斃、真正死去的鬼魂，我大概會相信。

「我沒有耶。」

我說。

「或許有，因為，有味道。」

夕子聞著我的手臂，微笑說。冰涼的小鼻尖碰到我皮膚的感覺和貓一樣。

這時，她已恢復確實在我眼前、一如往常的夕子。

「為劍道而生的人只肯面對劍術同樣高強水準的人。在這個意義上，進一和你的實力旗鼓相當，此外沒有這樣的人了，所以你們能一起經營那家店。」

夕子說。

「嗯，或許吧。」

我說。

「進一親近我媽的程度，連我都會吃醋。他肯定也將自己想成是我們家的孩子。」

進一的母親是三代經營牙科醫院的世家千金，和也是牙醫的進一父親相親結婚。進一出生不久，他父親和醫院的護士私奔，他母親拿了一大筆贍養費回娘家，再婚生子，入贅的夫婿幫忙處理她繼承的醫院事務。

進一小的時候常常寄放我們家，他母親搬回娘家時，他成為我們家的養子，住在院中的小屋。

我爸媽絕對沒有收進一母親一分錢。

只接受慶祝進一上學的紅包。爸媽雖然說，萬一收了錢，將來就失去趕走進一的權利，但他們其實很疼愛進一，希望他和我們永遠在一起。媽媽常說，那是金錢買不到的緣分，若是換成金錢，會遭天譴的，那孩子已經是我們家的孩子，我自己都不相信阿進不是我生的。進一偶爾和他親生母親見面，但直到現在，關係都不太好。

「一直待在家裡，就能看清楚事物的形態。那裡面完全沒有愛情或夢想進入的餘地。但是，把它弄模糊來看，就能適度地看到。對吧？我看起來好像沒有夢也沒希望。」

夕子說。

她這樣一說，我無從敷衍。

「在我眼中，看起來只是沒有幻想而已。你不出門，並不表示就一無所有。」

我說。

「哪一點？」

夕子直直看著我問。彷彿可以把我吸進去的眼睛，裡面有著廣闊自由的空間。那是「此刻隨時能去任何地方」的眼睛。

「總覺得你很豐富，就和窩在小屋時的進一一樣。」

「你真了解我。」

夕子輕輕握我的手。

冰涼纖細的手。

萬一有一天我倒下了，這個人不可能到店裡支持進一……為了JUJU，我必須健康長壽不可。

我非常現實，看到進一和夕子這樣不著邊際的人，雖然有點嚮往，但我更希望勞動身體一些。希望像媽媽那樣出色。我在店裡擦拭桌椅時，可以看見媽媽的手。隔著鐵板滋滋冒起的熱氣看到顧客的笑容時，媽媽也在那裡。比神龕上的照片感覺更近。我靠那份實際感覺而活。

「我就是戀愛了，也不會跑到遠遠的地方去。」

有所得必有所失，看到夕子時，我總這麼想。不論多少歲，夕子大概都不會走出大門吧。她的童年是怎麼度過的？肯定飽嘗各種辛酸，現在應該因為不再遭遇那些心酸事，補充力量的關鍵點也改變了。

這樣奇怪的人永遠靜靜待在這個屋裡，光是這樣，我人生心靈深處的小村，就點起柔和的光。看了就知道在那裡的確實之光。

「我覺得有夕子在，就有希望。」

我說。

因為，當我和進一的關係、還有店裡變成最壞的狀況也不奇怪的時候，夕子會像天使一樣出場，在該確實搞定一切的時候，做出公正而有人情味的裁定。

「啊，我不是天使。」

夕子像以能聽到我的心聲是很當然的感覺說。看到她那融入黃昏的眼眸光芒，我也不覺得不可思議。

「天使無所不在，隨時有人在當天使。你才是我的天使。如果不是，不會那樣了解我。一般人則會認為我是後來的第三者。」

第三者？

我從沒有那樣想過。我只是一直被她吸引，思索能和進一共同守在她身邊的方法。

「一定是我太笨了。」

我笑著說。

夕子只是微笑看著我。

和夕子見面，變成習慣，像是異次元之旅。

走出那棟公寓一步，會以為剛才那一切是作夢嗎？有那樣的人嗎？

轉頭回望，夕子果然像幽魂似地站在窗邊，看不清楚她的臉，襯著房屋裡的燈光，整個人顯得白皙透明，揮著小手。我也揮揮手，走到偏西的金色陽光中，感覺夕子的身影緩緩融入我胸中。

穿上圍裙，走進店裡，進一和爸爸已準備開店。自從在店裡共事後，他們的表情越來越像。揀選肉類的認真眼神，對火候的不妥協態度。意氣消沉的爸爸看起來恢復年輕些，但還是不像媽媽在的時候那樣，依然接近失魂的空殼狀態。

進一專門做肉膠汁；爸爸則做漢堡，胡椒鹽灑在肉裡，混入磨碎的肉豆蔻。

店外陸續有人等候。

幾個人站在一起，或是聊天，或看雜誌。

每次看到那些人，愛憐之情溢滿我胸。想到他們興奮地說「好吧，今天去吃ＪＵＪＵ」而出門的樣子，想到從那時起就已經等待我端的厚重盤子上桌的人們，我就湧現力量。

即使不舒服的日子，我也會自動打掃店內、擺飾鮮花、擦拭換氣扇（這東西油膩得可怕，沾著黏土似的污垢，無法全部擦掉），地板也用力擦得不留一滴會讓人滑倒的油漬，抬出招牌，接上電源。

微暗中，ＪＵＪＵ的字眼亮起時，我感到好幸福。每天都充滿感動。

ＪＵＪＵ，我們的店。

雖然這店可能在我和進一這一代結束，但這是稍久以後的事，那份時間還很從容的喜悅，溢滿我心。心情就像還有許多時間的暑假之初。

在做這些事情之間，宇宙中出現名為ＪＵＪＵ的袋狀物。感覺每次點亮招牌燈時，它就永久保存在宇宙空間裡。這個確實無比的光亮。

那天晚上，來到店裡的那個人，洋溢著刺激我心靈外傷的氣息。他的氣質有一點像以前的進一。那個樸實、許多事情還有隔閡、隱藏激烈的憤怒、帶著悲傷的進一。

垂下眼睛時的感覺，厚實的手掌。不過，他比進一高很多，不像肌肉結實的進一，他有發胖的徵兆，年紀也大……，大概三十五歲以上吧。

我心想，是沒見過的客人。但又覺得好像認識。像某個人。

他點了漢堡，我像往常一樣把滋滋作聲的鐵板放在他面前。

「讓您久等了，請慢用。」

我平常地說，他瞄了我一眼，然後看著熱氣直冒的鐵板。

突然，像壓抑不住似地放聲大哭。

嚎啕大哭。我第一次看到有人這樣哭。店裡的人驚訝地看看他，又垂下眼睛。

我趕忙跑到櫃檯，拿了盒裝面紙，站在他旁邊。

抽出幾張面紙，站在那裡。

我沒有碰他，也不在意店裡的事情。只知道空氣倏地濃縮。

我知道我和他的能量都集中在六號桌，變成一大光環，逐漸變亮、變濃。只是站在他旁邊，不知為何，我覺得「我會永遠支持這個人」。我在他圓圓的背上感到責任。甚至祈禱這一刻永遠持續下去。怎麼會？這個心情、奇怪的心情，彷彿身在事先決定的劇本中。

大概有三分鐘之久，剛好無人點餐、也無須送餐的魔法時間。

進一看我一眼。我感覺得到。就像臨死之人腦中走馬燈似地閃現過去的人生，我和進一在彼此眼中看到對方的靈魂。然後，彼此都領悟到。終於來了！嗯，我的也終於來了！真好，可是，我會寂寞哦。我也會寂寞呀。不過，我們之間還有這家店。

我感覺我們那樣交談。

當進一的視線回到他手邊的瞬間，那個人停止哭泣，抬起臉。

我立刻遞上面紙。

「我還以為是花束呢。」

他紅著眼睛說。聲音低啞。

「漢堡涼了！」

我說。

那是我們最初的對話。

「我母親死了。」

他說。

「唉！」

我說。

「我母親和父親每個星期四都來這裡，我今天代替他們來。」

他說。

「啊、噢！」

我知道了。

「你是宮坂家的兒子？」

他默默點頭。

他確實很像那對夫妻。那對夫妻在走路約五分鐘的地方經營一家書店，每個星期必定來一次。總是並肩而坐，笑嘻嘻地望著廚房閒聊。

「宮坂太太過世了。」

我說。

怎麼那麼快？我鮮明想起媽媽過世時我也這麼覺得。

宮坂夫妻有一陣子沒來，以為他們去旅行了。真是難以相信。永遠看不到已經成為店中風景的一部分、笑著並肩坐在這裡的那對夫妻。時間的移轉無限膨脹，他們的身形確實刻在這個空間裡。

「我很遺憾。」

我說，

「為甚麼沒有葬禮或設靈堂呢？都沒能向她告別。」

「啊，那是母親的遺願，不通知鄰居，書店照常營業。只有親戚參加，悄悄辦完後事。」

他說。

「至少讓我送一束鮮花吧，改天送過去。」

我說。

他紅通通的眼睛凝視我的眼睛，點個頭。

我茫然覺得，總是聊個不停的夫妻生下這麼安靜的兒子，不可思議。

「漢堡涼了！」

我再次嘗試用親切的聲音說，然後離開那裡。看到他像小孩子般津津有味吃起漢堡，我鬆了一口氣。

很久沒有這樣舒坦了。

彷彿聽到夕子說「小美就喜歡照顧別人」的聲音。瞄一眼進一，他也看著我。

「剛才好像聽到夕子的聲音。」

他說，我心下一驚。

「這是幻聽，還在戀愛嗎？早已不是新婚燕爾了。」

我說。進一笑了。

我想，若真是那個太不可思議的人化成氣體飛到這裡，看到我一見鍾情的樣子，也不奇怪。

從那天開始，我一直想著宮坂（父母姓宮坂，他肯定同姓，我擅自這麼稱呼他）的事情。

太過衝擊的邂逅。我還以為是花束呢。這實在不是一般人說得出來的話。因此，那情形和那個聲音，我都忘不了。

我認為宮坂也在意我。以後每個星期四他都會來嗎？光是這樣想，我就像女學生般心臟狂跳。

雖然我的人生已無奈地被扭曲了，但如果能藉由他的眼睛去看事物，就能如願地變得簡單。我有這種感覺。

小時候，秋夜乍涼時，莫名感到平靜的寂寞心情，在人們的心變得有如透明的夜裡，有可以靜靜看到各種事物的時刻。

爸爸煎漢堡的滋滋聲音、媽媽忙碌工作的身影、客人的嘈雜喧鬧、還有刀叉碰觸盤子的尖銳聲，都像沉入寧靜的湖中。

「宮坂夫妻好像是私奔結婚的。」

三天後的晚上，老顧客大川悄聲告訴我。

大川就住在宮坂書店隔壁的公寓，從房東那兒聽到很多流言。

大川是女性雜誌的編輯，她先生是同家公司不同部門的編輯。夫妻倆都喜歡ＪＵＪＵ，經常光顧。大川乍看是精明幹練的職業婦女，其實人很親切體貼。

她來媽媽的靈堂時，更讓我感受到那分體貼。知道何時上茶、何時含淚、何時安慰別人、何時讓人獨處。她真心悼念我的媽媽，每次看到她讓我這樣感覺的小動作，就知道這個身在花花世界的人兼具敏銳的感覺和細膩樸實的體貼。當葬禮中華麗的菊花堆滿房間時，大川摘了媽媽最喜歡的附近野花，編成一個小小的花束，悄悄裝飾在店裡的廚房。她含著眼淚說，伯母如果回來，一定是來這裡。

從那以後，我就是大川的隱身粉絲。

有些事物只能在人脆弱的時候看到。

那些在人狀況好時四散而不想看到的小事物，在人脆弱的時候，就像牆上的斑點，輕輕浮現。

那個時候，心情雖然像飄浮在宇宙中那樣無依，但在那裡看到的小花似的鮮豔色彩，永遠留在心裡。

媽媽死後，那個消沉落寞的夏天，無事可做的早上，我總是茫然牽著裴洛到車站附近散步。穿過熟悉的巷道，永遠不變的路徑。那不論走到哪裡都不會遇到媽媽的街道。漫無目標地走在朦朧沉重的空氣、汽車廢氣和慵懶的早晨氣氛混雜的路上。

不久以前，我還為了應付午餐時間的工作，拚命做體操鍛鍊身體，因為工作時要泡在肉的腥味和油的膩味中，必須吸滿新鮮的空氣不可，躺在公園裡做深呼吸，睡著時還被蚊子叮咬。那時，永遠有滿滿做不完的事情，現在，卻只能茫然走著。

我和心情頹喪、窩在床上的爸爸不太說話，只有無以排遣的無聲關懷，籠罩在彼此之間。

那時候，大川常常帶著愛犬法國鬥牛犬來。黑色的法國鬥牛犬身體很熱，鼻子發出哺唏哺唏的怪聲，我以為牠想躲開哭腫眼睛的我。

但在那個空茫無依的早晨，心情散漫、看著街景時，那隻黑狗的臉用力貼著我的膝蓋，像剛出生的嬰兒要人抱抱一樣，讓我感到活著的需要。

「謝謝你，尼可。」

我撫摸牠黑色堅硬的頭，用力嗅聞那隻狗的味道。

雖然看到我的腫眼泡、察覺我消沉的心，大川甚麼也沒說，只是微笑，讓我盡情接觸那隻狗。

讓人想說「好想活著！好好活著！」的芳香味道。裴洛也有那種味道。陽光下幸福之狗的味道。被細心照顧關愛著的味道。我感受得到，感覺自己也活著，無須語言，即能充電。

光是聽到宮坂兩字，我的心就怦怦跳。大川並不知道，繼續說。

「過世的宮坂太太其實是N鎮著名望族家的千金小姐，當時已有未婚夫，可是和宮坂先生私奔，與娘家斷絕關係，只繼承了書店。」

「那家書店感覺很傳統，非常高雅。」

我點頭說。

宮坂書店和一般書店有點不同，是咖啡書屋（Book & Café）的先驅。恩愛的夫妻總是同在店裡，裡面有兩台不停煮著咖啡的咖啡壺，坐下來看書也行。高雅的木製櫃檯和舒適的椅子，書店的最前面當然擺著舊市區需求的雜誌、實用書、漫畫和新書，只有裡面的那個角落周圍擺著舊書、攝影集和美術書。宮坂伯伯好像喜歡冒險類書籍，蒐集許多遊記、古地圖、世界的稀有博物誌等古怪的舊書，也有人遠道前來找書。

午後經過那裡，常常看到宮坂伯伯騎著摩托車從批發商那裡回來。我回來囉。回來啦。有這輕聲細語相對的夫妻在，店裡就有被淨化的感覺。

而支撐他們心靈的，竟然是在我們家晚餐。

「他們家兒子是第二個進一。」

大川突然說，我心下一驚。

「為、為甚麼？」

我有些不安。

「沉默寡言，是個書蟲。」

大川說，

「好像以後會回店裡幫忙。」

「哦。」

我說，

「他幾歲？」

「唔……，四十了。結婚後接下岳家的照相館，但因為太愛看書，人又老實，太太搞外遇，於是離婚，最近才從長野搬回家來。」

大川說。

「長野？」

「他太太娘家是在小諸或是佐久。」

「你很清楚嘛！」

我訝異大川的消息靈通。

「宮坂夫妻每年都會歇業幾天，歡歡喜喜去輕井澤的高級旅館度假，這件事在附近是個話題。因為兒子媳婦也一起去，要幾十萬圓呢！雖然他們和家裡斷絕關係，但生活也沒有改變，大家都說他太太娘家還是有拿錢來。」

大川笑說。

「嗯，很像舊市區的流言。」

我也笑了。這一帶發生的一切都無法避人耳目。

「不過，那對夫妻居家儉樸。我很喜歡那裡。而且，擺在書店的書都很棒，就是因為有那裡和這裡，我們夫妻才搬到這區。」

大川的眼眸閃爍、出神地說。

大川的敏銳觀察眼神這時候非常溫柔，她不是只看自己想看的東西，而是將全部收入眼底。

「他們買下先前租的老房子，也沒改建，只是細心整理後住下來，努力償還貸款，用心撫養獨生子，認真經營書店，除了去輕井澤，不做其他旅遊，唯一的享受就是這裡的牛排和漢堡。哪像我們家，亂得像垃圾箱似的，兩個人都忙，也沒有孩子，亂七八糟的。認識他們以後，知道他們和那種吃豪華大餐過日子的隨便夫妻不同。」

大川說。

「你是工作的關係，沒辦法，因為總是那麼忙。」

我笑了。

大川也笑了。

「因為現在還處於人生的這種時期。如果我們夫妻都能長壽，好想蓋一間小小的房子，安靜地生活。」

工作活躍的大川望著遠方說。

那語氣像是說，雖然那個夢想已走在不會實現的軌道上，但還是不想捨棄。

我在店裡時，看過多次這類眼神。不知不覺走到很遠的人的眼神，想回到從前，卻已無法改變習慣。有這種眼神的人，有時候會突然辭掉工作，搬到遠處或回老家。大川是在慢慢找回夢想，不向忙碌低頭。我默默祈禱，請讓她繼續留在我們身邊。

這時，大川的漢堡餐好了，我離開座位。

又知道一件他的事情，結過婚，是有點衝擊，但他現在肯定單身，我咀嚼這份喜悅。

洗完澡，俯瞰屋外，看見進一那棟小屋。現在，夜裡已無燈光。以前每晚都有燈光，半夜時看到那燈光，就感到安心。

他不是我們真正的家人，大概也有不安，而這不安，又挑起依戀。因為不知道哪一天會離開，哪一天他的父母會把他接走。

我曾經和媽媽吵架。我們當然會吵架。和父母一起工作非常彆扭。

可是，我去旅行時，或是吵架後離家住到朋友家裡時，耳邊總是聽到那個滋滋作響的聲音。忍不住會想，現在店裡怎麼樣了？忙碌嗎？今天有預約嗎？葡萄酒夠不夠？酒鋪的矢部老闆有定時送貨嗎？那種時候，總是聽到那個舒服的滋～滋～聲。

認為那是詛咒、執著、或是束縛，很容易。

可是，在那個聲音和騰騰熱氣中，有著特別美麗的安詳。

宮坂在母親過世後，現在是甚麼心情？

置身在那家書店的書味中，感覺就和我聽到滋～滋～聲響一樣吧。

我認為，戀愛的人在這個階段，總是抱著非常純粹的想法。只有包住對方的光，那雖曾在某個地方受挫、但有可能好轉、像我爸媽那樣得以完整的的男女之光。

如同夕子所說，我好像戀愛了。

不在這種時候絕對想不起來戀愛時的狀態。
心底彷彿冒起甜美的蒸氣，支配了我的步伐、想法、表情和一切。

「今天，有人來談買這裡的事。」
那天晚上收拾店裡時，爸爸突然說。
「唔？」
我說。
進一臉色陰鬱，把盤子放進洗碗機。
「要買我們和山川家這兩間面臨大街的房子，改建大樓。山川已經ＯＫ了，只剩我們這邊。可是，山川為甚麼同意？和我有關係嗎？我不知道。我向來不懂那種人的道理。」
「那要怎麼辦？」

我說。

「只能盡量堅持啊，我不打算賣。」

爸爸說。

爸爸不太多話，我很清楚他不是為錢堅持。

「我們家如果不賣，大樓的位置大概會挪開。」

爸爸很平靜，我也跟著放心，但還是覺得，那種事怎麼這麼快就逼近眼前了。

想到這裡很可能消失時，瞬間，看到在這裡生活的一切閃亮日子。媽媽的神采容貌也滿滿留在店裡。主屋、店面和進一的小屋，是建在狹長的土地上。我知道，如果要改建，受限於建築基準法，不能蓋得和原來一樣。也知道沒有永遠不變的事物。可是，我仍希望，盡量拖久一點。

到處充斥有關炒地皮的惡意流言，新地鐵通過的這一區，高樓漸增，人口源源流入。廉價的漢堡牛排店總有一天會威脅到我們。

「如果要搬，只要縮小店面和住家就行。」

爸爸說。

進一默默點頭。

這對組合守護著我，所以我總想為他們製造能夠歡笑的場合。

「夕子可以搬家吧？」

爸爸說。

「雖然可以，但會很累。」

進一說，

「所以，還是盡量留在這一區。」

爸爸點頭。

真是迅速達成結論的兩個人！是思緒簡潔明快？還是腦筋反應敏銳？

「阿進，我去看夕子了。」

和進一清掃整理店面時，我和他說。

關掉招牌燈時，有一趟人生結束的感覺。每天都這樣。

「啊，她一定很高興。」

進一笑著說。

「夕子還是那樣有精神。」

我說。

「因為她很喜歡小美。」

進一笑著說，

「她總是跟我說，因為有小美和伯父，他們都是好人，我才和進一結婚的。」

「哪是啊！」

我笑了。

我們總是一邊說話，一邊動手做事。我覺得這樣很好。擦桌子、洗餐巾、收拾刀叉。用油汙疲累的身體和奇妙清澈的心，整理這家店和心。

每天能夠這樣毫無迷惘地度過，是因為有爸爸和媽媽建立了這個場地？還是因為被這樣的人包圍？我不知道。或許，是有更大的力量在策動？

偶爾，我會突然有一種被某種東西包住的感覺。不是媽媽，是更大更遠的東西。那是每天不動手工作就絕對察覺不到的微妙清爽空氣。我像狗一樣抽動鼻子嗅聞，可以感覺它在上方。雖然感覺在上方，但不知為何，我內心也有相同的悸動。再一回神，我已被某種巨大的東西柔柔包覆。

這時，黑暗中突然出現一個人影，我和進一嚇一跳，立刻知道是誰。

「來幹甚麼？」

進一問。

「沒事，看看，剛好來到附近。」

穿著灰色西裝的蒼老歐吉桑笑著說。他是進一的親生父親。

「你們照顧進一，我偶爾也該來看看。」

進一的父親拋妻棄子離家後，發生車禍，沒辦法再當牙醫。當時拿到不錯的保險給付，買了一間公寓；如今有區公所的津貼，勉強能過日子。那時候在一起的女人早就跑了，現在一個人生活。

「可以的話，嘗嘗我們的漢堡吧？」

我說，雖然已經打烊，但店裡還有幾位客人。

「不需要，因為他說只是來看看我。」

進一說。他這方面有點孩子氣。沒辦法，因為是他的父親。想到他過去的種種思緒，這樣反應也是當然。所以我也不能說甚麼。

「那，我想見見美津子的爸爸，聊一下就……」

進一的父親說。

磨損的鞋底，寒酸骯髒的舊襯衫，感覺很悲哀。想到他本來是打扮光鮮、趾高氣揚的人，更覺得悲慘。只是，在店家和人們工作變換迅速的這個區裡，這種事情司空見慣，因為這裡絕非富裕人士很多的地區。

「啊，宗一，好久不見。」

爸爸說。

「打擾了。」

進一的父親拉出最旁邊的椅子，這動作發出了刺耳的聲音，然後坐下來。

那聲音聽起來像是我不打算付錢、不付錢也可以吧。他的肩膀和方形的腰身感覺和進一很像，連從後面角度看過去的臉頰感覺都一樣，令人感傷。

進一明顯地不高興，但態度絕不冷淡。他板著臉，斜坐在父親前面。看起來像守護我們不受那寒酸氣息干擾。

我送上開水，正要對爸爸說「做份漢堡」時，爸爸早已捏好漢堡，加熱鐵板。

最後一桌客人付完帳離去，店裡只剩下自己人。我關掉門口的大燈，輕輕擦拭招牌，用力抬進店裡。

進一的父親總是這樣，在我們幾乎忘記他的時候來到。

他像可憐的小動物般畏縮而來。我很想抓著他的肩膀搖晃他並對他說，伯父，進一就只有這麼一個願望，就算您逞強或是打腫臉充胖子，都能讓他立刻達成願望啊！可是這樣做，也肯定無法改變一個人的，因此沉默。

他抖著以前買的昂貴時髦、如今已破爛不堪的尖頭皮鞋。停止播放音樂的店裡，只有煎漢堡的美妙聲音。

煎好時，我轉向櫃檯，爸爸說「我來」，親自捧著漢堡盤子走出櫃檯。我端著白飯和味噌湯，跟在後面。

「我們家雖窮，但漢堡隨時都有。」

爸爸說。進一的父親微微一笑。這個時候，爸爸不是用金錢來牽制進一的父親。我一直以他這點為傲。因為這樣說，不會造成對方的負擔。

偶爾有付不起錢卻非常想吃而來的客人，爸爸也說同樣的話。

那種時候，我覺得爸爸是高尚的人。

「謝謝。」

進一的父親說。我和爸爸離開他身旁，忙著收拾店內。

我們牢牢遵守店中有人吃東西時絕不打掃的教條。進一也熟記這點，因此他只是無所事事地坐在父親旁邊。我感到那是進一傾其全力表達出來的情分。可惜，他父親滿腦子只有自己，不但感受不到進一的情分，甚至減半了漢堡的美味。

在理想的世界、我想像的夢中國土裡，進一的父親穿著廉價但清潔簡單樸素的衣服，鞋子也是休閒鞋。直視進一，驕傲地凝視進一工作的模樣，不要縮著肩膀，要穩穩坐在椅子上。慢慢品嘗漢堡的滋味，說「真好吃」，也照價付錢，用全身展現過去疏於照顧進一的歉意、絕非絲毫不想念進一的氣氛。

可惜這裡是有些人連不好事情都樂意選擇的現實世界，我的夢想無法達成。

只看到怯怯吃著漢堡的歐吉桑和眼前的年輕人太過無緣的模樣。想到進一細細咀嚼那份失望正是他的情分表達時，和他相識多年的我明白了，那並非出自進一心底的行動，而是看到我的爸媽如此待人後，也學著想要這樣。

我的爸媽除了認真經營這家店外，沒有別的長處，他們心無旁騖，絕對沒有「能夠多賺一點是一點」的心思。在街坊活動中抽到昂貴的點心時，會立刻分給排在後面的小孩。他們是這樣的人。

在我茫然想著這些事情的時候，像吃著無味食物的進一父親，已把漢堡和澆上味噌湯的白飯全部吃光。「謝謝。」進一點個頭。

「阿進，你太太好嗎？」

進一的父親說。

「嗯，沒變。」

進一勉強回答。

「我最近因為車禍的後遺症，視力減退，看不清楚報紙，無法仔細看求職欄，多半窩在房間裡看電視。」

進一的父親說。

進一默默點頭。

「雖然每天有心早起，但世道真的不好，沒有輕鬆的工作。晚上喝一杯廉價的葡萄酒，是最大的享受。」

進一的父親說。進一默默點頭。

「你的房租貴嗎？」

「一個月十二萬。」

「是嗎……，真是我住不起的豪宅！我現在住的地方必須搬了，如果哪裡有便宜的房子，跟我說一聲。」

一如往常的對話。箭頭永遠指著一個方向。

以前我總擔心進一會忍不住脾氣發作，但他結婚後，這種時候不再煩躁。大概有了要守護的事物後，人變得圓融了。

「如果有準備要拆的、幾乎不要房租的地方，告訴我。這樣，我可以賣掉現在住的房子，搬到那個地方，暫時住著。」

「唔……，要走了嗎？不好意思，店裡必須打烊了。」

進一說。

「我知道，謝謝你們的招待。」

進一的父親站起來，進一從口袋中掏出幾萬圓，放進父親手中。

雖然我眉頭緊蹙到會痛的程度祈禱，這次千萬別收下啊！可是，他每次都收下。

幾年以前，這幾萬圓都是爸爸準備的，出自「你兒子交給我們，還讓他繼承我們家業，謝謝你」的心情。爸爸還說，他有困難，也不是每天來，來的時候頂多請他吃頓飯，送點零用錢，畢竟他是和進一有血緣的父親，我們也不好趕人家走。

進一在這裡工作一段時間後，毅然對爸爸說：「以後我會在自己的能力範圍內給他，伯父不要再破費了。」

進一的父親小心翼翼地把鈔票塞進口袋，向爸爸點個頭，拖著沉重腳步離開。在秋天清爽的空氣中，消失在周日夜晚慵懶而略感落寞的世界中。

呼！進一呼口氣。

「我已經厭倦了這個劇本。」

進一幽幽地說。我點頭，表示明白他的心情。

爸爸像沒事般繼續收拾。遇到這種感覺的大叔大嬸時，爸爸總是說：

「每個人一生中都有幾次走到死胡同的時候。」

像我們家，開店的前三年門可羅雀，我和媽媽只好玩黑白棋打發時間。有了小美後，店裡生氣突然大好，媽媽總說這個寶寶是福神。

爸爸總是瞇著眼睛、無限懷念地說。

那種人甚麼時候會改變呢？我問。

如果期待那種事情，還是不要期待比較好。爸爸說。

然後，默默開始清理作業，按照往常的步調進行。回到家裡的爸爸，只是拿著罐裝啤酒、躺在榻榻米上、用大音量播放老歌和鄉村歌曲的普通歐吉桑，但是在店裡，總是在做些甚麼。像在磨練內在的某種東西的細膩動作。像用抹布勤快擦拭道館地板的學武之人。

我完全沒有繼承到爸爸那種專業氣質，烤肉的本事只有和朋友吃燒烤時備受讚美的程度，但是，我有從媽媽手上接過聖火的感覺。

那正是莎樂美的樣子與色彩。

老實說，就是放送歡樂。雖然很費力，但我仍擺出遨遊人生的樣子。開朗招呼看似痛苦的人，散發亮晶晶的東西。

每個人的臉因此像被陽光照到似的明亮時，我就覺得，啊，那個表情和在媽媽面前的人一樣。胸口變得溫暖。我得到了，也留下了。

快中午時經過店前，宮坂書店已經開門。以前偶爾進去喝杯咖啡，和老闆娘聊聊。老闆娘死後，裡面那個角落也沒有了吧？幸好不是。以前，午餐時間後的我渾身油味，所以不好意思在白天進去，但現在沒這個顧慮。

我捧著一束白菊花，站在門口窺視。

店內只有宮坂，俐落地煮著咖啡。伯父不在，好像去批購書籍。

「請進。」

宮坂從裡面招呼我。

「你好。」

我說，獻上花束。

「這個，供在神龕上。」

「謝謝。」

宮坂坦然說。我臉發紅，突然在意身上的油味。

「開店很無奈，傷心的時候也得打起精神開店不可。」

我說。

「不過，可以轉換心情。母親只在這裡，這個放在店裡裝飾也好。」

宮坂說。

我點點頭。

宮坂從架子上拿出看似昂貴的圓形白瓷花瓶，裝入清水，插上菊花。

「好漂亮的花瓶！」

「這也是母親喜歡的白瓷花瓶，不過，好像不是那麼好的東西。」

宮坂說。

「我是一竅不通，我們家的花瓶都是瑞穗銀行的贈品。」

「也不錯啊。」

宮坂笑著說。

我想，你就那樣一直笑，別再那樣傷心哭泣了！

可是，我知道不可能。他一定每晚哭泣。因為眼皮腫了。我也一樣，所以很清楚。那段每次看到家中景物、眼淚自動溢出的時期。

我想安慰宮坂，也安慰那時候的自己。我有從媽媽過世的傷痛中稍微得救的心情。

書店中靜靜播放有線廣播的古典音樂，有紙的清香，也有咖啡香。咖啡壺的沸騰聲音是幸福的聲響。和我們家一樣，這屋裡也保留著母親留下來的氣息。

「你喜歡甚麼書？」

我問。

「攝影集吧。我以前上過攝影專門學校，打算當攝影家。在長野時也在照相館工作，認真拍攝許多家庭的全家福。」

他說。

「那些知識肯定也能在書店派上用場。」

我說。

我們都希望此時不要有其他客人上門、伯父也還不要回來，享受著流過兩人之間的清新感受。

「咖啡可以的話，請。」

紙杯中的咖啡很熱，味道極好。

「好喝，是哪裡的豆子？」

我問。

「車站附近的專賣店，巴西的。」

「我要跟爸爸說，也換用這個豆子。」

我說。座椅很高，兩條腿懸空搖晃。

「好看，這雙腿。」

宮坂說，

「特別纖細修長，好可愛。」

他沒看見，我又臉紅了。說不定他是個意想不到的花花公子。我把臉埋在薄薄的圍巾裡，掩飾我的臉紅，但感覺一切都映照在宮坂眼中。

單身、有房子、會繼承書店、攝影拿手、知性、今後都在書店裡……，我雖然高興，但也覺得他肯定炙手可熱吧。以後有和他一起經營書店的女人就好了。因為，我有ＪＵＪＵ。

我逕自感到有點退縮的時候，有客人進來。

對那位來拿保留書籍的老太太，宮坂話不多，但態度親切。例如，把書遞給老太太時，沒有看著別的地方、要做下一件事情的樣子；也沒有面對收銀機、催促快點付錢的樣子。那個舉動很像他母親。我想，這個人也穩穩接過母親傳遞的聖火，雖然看不到，但永遠不會熄滅。喝完咖啡，我滿足地買本雜誌，走出書店。

這個滿滿的心情是甚麼？是以前沒有體驗過的心情，好像某個東西第一次變得圓滿。再怎麼難過都好，只希望這個圓滿不被破壞，長久保持。

爸爸像往常一樣，在客廳喝著啤酒，大音量聽著鄉村歌曲。爸爸唯一的奢侈，是幸福地躺在BANG & OLUFSEN的豪華音響前。爸爸沒用分期付款買下這套音響時，惹得想先修理地板的媽媽生氣。我還記得，忿怒的媽媽的麻花辮，真的像莎樂美那樣豎起來，我忍不住笑出來，看到我笑，媽媽心想，算了，那是爸爸唯一的享受，也就答應了。

我洗完澡，穿著睡衣，用毛巾纏住頭髮，光著腳丫晃來晃去。是不穿襪子會覺得冷的季節。因為戀愛，我敷臉、護髮、磨掉腳跟的角質層，看起來比往常光鮮亮麗。

「那個頭，和媽媽一模一樣。」

爸爸說，有點要哭的表情。

沒想到爸爸那麼愛哭。我以為他會像大男人一樣強自忍耐。實際上，從醫院到入殮，他一直哇哇大哭。害我擔心他是不是崩潰了？

「這個包法是媽媽教的。祕訣是纏得緊緊小小的，如果包得太高，會感覺很重。」

我溫柔地說。小時候，媽媽總是故意露出牙齒笑著，用毛巾這樣包住我和進一的頭。將來有一天，我也要這樣包我孩子的頭。

「她留下了這個啊！」

爸爸說。

「對了，就算位置挪開，隔壁還是會蓋大樓，擋住陽光也就罷了，就怕以後生意不好做。」

「怎麼？鄰居都要搬走嗎？那些客人。」

我問。

「不是，是搬到大樓裡面。因為這樣，大概不必找我們家談，大樓也蓋得起來，我們暫時免了這個困擾。只是，我們家後面住的是獨居老人，他後面是舊公寓，不知道甚麼時候又會有人來談。我們家是自己的土地，是沒問題，但其他家都另有地主，自有打算。將來，我們的店要是被新建大樓包圍後，也看不到了。現在家裡只有我們兩個，不需要那麼寬敞，我們賣掉一半，搬到附近住好嗎？雖然會擠一點。」

爸爸平常地說。那份平常讓我非常放心。

雖然那樣消沉，卻毫不斤斤計較的豁達。我從爸爸身上感受到，消沉時就消沉，只做可以忍受的事就好。

「真是無聊！把骯髒的建築和住在那裡的人一掃而空，蓋起新大樓，招來外面的人，開設一模一樣的無趣商店。午餐在那無趣的店裡吃，不和店員說一句話，這有甚麼意思？我這個世代還真不懂。」

爸爸說。

「我也不懂。只是，我以為人不是那麼容易改變的。」

我說。

「有錢能使鬼推磨。」

爸爸說。

「可是，這個房子和店裡充滿媽媽的回憶。」

我快要哭了。

「不要緊，媽媽留下的東西不會消失。」

爸爸說。

「但是要有心理準備。」

我說，

「我會盡量堅持。女人以家為重，媽媽很重視這裡，我也要這樣。」

爸爸點頭。

「只是，這房子現在還讓我難過。每天都很難過，因為媽媽不在。不過，既然你這麼說，我就以剩下的心情堅持下去吧。雖然我也想賣掉它、忘掉一切，但那樣做也很麻煩。」

以前不學好的爸爸，不會長久煩惱。一旦決定後，就結束了。我知道他這種時候都依賴媽媽，我不免感到落寞。

「能休息幾天的話，去輕井澤吧。」

爸爸突然說。

「媽媽死前說，想住那間叫星野屋的高級旅館。因為不在那裡過夜是損失，然而，沒有休假的我們終究沒去成。媽媽想參加那邊的鼴鼠之旅，想看鼴鼠。還拿了觀光手冊，真的要去報名。你看！」

電視機旁邊雜亂堆著各式各樣的說明書，爸爸從中抽出那本小冊子。媽媽死後，他一定後悔地看著這個好幾次。

「果然像媽媽。」

比起旅館的豪華和料理的美味，更受鼴鼠之旅吸引的媽媽太令人懷念，我噗哧一笑。

然後想到，等等，最近好像聽到同樣的事情。忽然明白。那一定是宮坂夫妻每年去的地方。事情不自覺地連在一起，經常有這種情況。

「媽媽很喜歡動物。以前，和媽媽第一次約會時，她就帶我到一家奇怪的店，在中野，裡面都是奇怪的動物。狼蛛、生吃老鼠的貓頭鷹、像是樹獺的奇怪動物，我怕得不敢動彈，可是媽媽愉快地和店裡的人聊天，伸手餵東西給奇形怪狀的熊吃，笑得好幸福。我那時雖想，好奇怪的女人，可是看到那樣快樂的表情，任誰都會著迷的。不論多麼冷的天氣，她也要去上野動物園，真是服了她。

宮坂書店的老闆娘向媽媽推薦，那家旅館的溫泉很棒，也有大自然之旅，去看看吧。說起來，那個人也死了。總覺得這一帶漸漸冷清寂寞了。」

爸爸說。

「可是爸爸還活著，還要活很久很久，媽媽的忌日我們就去那裡吧？當然得先存錢。」

我說。

每年去高級旅館度假的家庭之子……，想到我們的世界不一樣，有點難過。

他們店裡的攝影集很多一本要一萬圓以上，也有很多外文書。他一定平常地看那些書。身分不同，或許不該喜歡。心中飄過一絲寒意。

為甚麼同樣是人，卻身分不同呢？雖然近在咫尺。

我從不以身為牛排店老闆的女兒和低學歷為恥，但身分的不同，還是有點刺痛我心。這就是戀愛啊。因為不同而喜歡，但也因為不同，所以得不到。

即使如此，還是習慣每個星期有幾天、在午後的自由時間去宮坂書店。我本來就喜歡看書，把它納入散步的路線，感覺很自然。

在這附近，我流掉進一孩子的事當然是許多人都知道的，因為婦產科就在附近。

所以，沒甚麼好怕的。

不論從哪方面來看，都看得出我像在戀愛。

而且，他好像也愛上我了。

兩個人一起喝咖啡，借閱喜歡的書，在新書角落選書時流過的緊張竊喜空氣，比咖啡味道還要香。每次看到他睡覺時壓出形狀的頭髮，很想伸手將它撫平。他的毛衣也發出陽光下的狗毛味道。

上帝啊，請別奪走這休息的一刻！

我一輩子也不想忘記，在陽光燦爛的地方，在許多書架的靜靜守護下，我們的臉在閃閃飄舞的塵埃中忽明忽暗的樣子。這是戀愛，是和生活毫無關係、雖然快樂但也非常傷心的事。

媽媽說，這時候會感覺胸口滿滿的像要炸開，甚麼也不能想，但這個現象結束後，如果還在一起，被更偉大的東西包覆的日常就會來臨。進一也說過同樣的話，應該沒有甚麼好怕的。

雖然知道有美好的事情在等待，但就像喝醉似的，只想陶醉在戀愛中，逃離一切。我們都失去了母親，只看到最愛的人抽離後的空洞，想沉浸在艱苦登山途中偶然遇到鮮花田似的淡淡幸福中。

所以，一天只要能見面十分鐘，那就夠了。

如果媽媽聽到，一定會說：「你那樣說，會被別人搶走了，必須行動不可！」

媽媽喜歡給我戀愛諮詢。那個啊，這個呢，想起她自己以前被追求的回憶，臉頰發紅，像個女學生。我們趴在地毯上聊天，撐著下巴，腳背趴噠、趴噠拍打地毯。身旁總有溫熱的飲料。瞞著爸爸。

每次想起那些情景，因為太過懷念，胸口好像要炸開，但最近想起媽媽時，我只會笑。

時間點點滴滴累積，有一天，我也會去媽媽在的地方。

做外場有點累的時候，總是想著，「媽媽以前也是這樣，這是媽媽走過的路。」

將來有一天會死，感覺那是完全相同的路。媽媽就在前面，是無需害怕的路。

夕子打電話來，「陪我去醫院檢查。」我相當震驚。因為時常聽進一和她自己說，身體有很多問題，可能無法懷孕。

「不會弄錯了吧？」

我說。

「用過驗孕劑了。」

夕子小聲說。

於是，約好在醫院見面。

蒼白的夕子怯怯地站在醫院大門前的山毛櫸下，就像一縷幽魂。

那裡有這一區最可信賴的醫生，但也是我上次去的婦產科，許多可怕的記憶復甦，心情陰暗。

不過，最重要的是，我還能帶著在家外面的夕子飄飄然走進去。

搞甚麼啊？我自己在這裡並沒有美好的回憶呀。

雖然有意完全忘記，但貼在椅子損毀處的膠帶、詢問處的布偶、放置嬰兒床的地方，都讓我的心感到刺痛，令我驚訝。好像當時的我因為意識模糊而感覺不到的痛，還靜靜收存在某個地方，靜靜躺在內側有精美鑲嵌的漂亮盒子裡。

夕子依然充滿往常那種大方的自信，但人看起來還是嬌小、單薄而普通。

她茫然得讓我很想說，不要那樣憂心，沒有甚麼好傷心的。

「我，偶爾可以鮮明地看到自己的前世。」

坐在候診室，夕子非常唐突地說，我一時愕然，無法回應。

「幹麻這個時候說那個？」

我說。

坐在合成皮沙發上，嬌小的夕子繼續說。

「很久很久以前，緬甸有個培養『可以親吻眼鏡蛇的少女』的學校。在那個學校的兩年間，有百分之五的少女死去，更糟糕的是，畢業生的平均壽命只有五年。可是，學習到在大庭廣眾前親吻巨大眼鏡蛇而不被咬到的技藝，可以賺很多錢。我就在那裡。」

「哦，這樣啊。」

我說。

「親吻冷冷蛇身的感覺，還有『完了，終於來了！』的失敗將死感覺，我都清楚記得。我從那個學校畢業，是賣藝團的當紅主角，很會賺錢，但還是死了。雖然撐了超過五年，但沒能活到三十歲。」

「幹麻現在說那個？」

我皺著眉頭說。

「想紓解心情。」

夕子平常地說。

「絲毫無法紓解啦。」

我說。

「是嗎？」

夕子說，撫摸肚子。

「為甚麼想到那麼奇怪的事？」

我問。

「昨天作了個夢，已經夢過無數次，非常逼真的夢。我喜歡眼鏡蛇，疼愛牠，不怕牠，但我總是失敗而死，可是又沒有其他工作可做，感到很無奈。我上網查詢有沒有這種學校，結果，真的有。我因此確信。」

夕子淡淡地說。

我說。

「即使如此，也是個悲哀的前世。」

「可是，很符合吧？」

夕子說。

「嗯，老實說，太過符合得無法懷疑。」

我說，

「不過，這裡沒有眼鏡蛇，放輕鬆吧。」

這是我真正的心情。連我都覺得自己是天才，找到這最好的鼓勵話語。

「是啊，已經沒有眼鏡蛇了。」

夕子說。
我不知道夕子是這樣普通的人。
我以為她不會煩惱、痛苦、害怕。
這時，夕子被叫進診察室。
「我怕。」
夕子冷冷的手握著我的手。
「我在這裡等你，別怕。」
我說。
等候的時間裡，我辛苦地調整我自己。時間在我的意識中任意來去，讓我喘不過氣。
想起當時媽媽陪同我來的瞬間，眼淚滴落，有甚麼東西融化了。媽媽沒有告訴爸爸我懷孕又流產的事，悄悄陪著我處理，還帶進一來醫院接我。媽媽說，好好看看傷心難過的小美。

我想起來，事後和媽媽到坡上的廟裡供養夭折的嬰魂。

「沒辦法，現在不是時候啊。」

回家時，媽媽高舉手臂、挺直背部說。

我還記得廟裡開滿繡球花，鮮豔的花色紓解了我的心。

「只有盡力而為了。」

「媽媽有過同樣的體驗嗎？」

我問。

「有啊，很年輕的時候。」

媽媽說。

「好傷心，雖然放心了，身體卻哀傷，寶寶剛剛還在這裡的。」

「我雖然想再努力……」
我說，
「但是不行，還是別再期待比較好吧，對於進一。」
「也許過一段時間，就能恢復原狀。」
媽媽說，
「受到這樣大的傷痛，能不能夠跨越？誰也不知道。說不定，各走各的路比較好。」
「媽，我和進一結婚，你會困擾嗎？因為我們一直像兄妹，你會感覺不舒服吧？」
我問。
「不，我不會困擾。」
媽媽露出牙齒，笑著看我。

「小美願意、也結婚的話，我最高興了，不論對方是熊還是大象。」

「是嗎？」

我放心了，輕輕撫摸變得空空的腹部。

「現在，一切回歸白紙，先放輕鬆。吸進大量空氣，讓身心充滿餘裕。」

媽媽說，

「去吃冰吧。人生也會有這種時候。」

我和媽媽走進陌生市區的便利超商，買了同樣蘇打口味的「GARI君」冰棒，邊吃邊走。

因為哭太多，感覺世界結束了，已經流不出眼淚。只有甚麼事情結束的感覺。家族時間的快樂、童年時代的快樂，全都變了，向晚時分的天空深深刻著悲傷。

媽媽和我牽著手，唱著媽媽喜歡的奇怪歌曲，邊唱邊走。

總會有甚麼辦法吧～
你無可奈何～
你的一生就這樣～
大海裡面沒有鯖魚～

越唱越覺得絕望。從絕望底部看到的夕陽，格外地美，冰棒也甜甜冰涼地融化。想著不再回到過去的生活、想讓一切都消失，但唱著那樣消沉感覺的歌，卻能奇妙地安慰我們。讓人覺得，不要緊，總會有辦法的。

現在想起來，知道媽媽為甚麼那麼愛唱那首歌了。

她並沒有無可奈何的事情。

媽媽為甚麼那樣狂熱、視莎樂美有如經典呢。

盡是無可奈何的事情。

那就是人生。

這段話突然湧現，我下定決心。

好，既然那樣，就那樣吧，因此，要仔細看著，即使是一公釐也要抵抗。

嘴裡哼著這樣無奈的歌曲，手上拿著莎樂美。我這一代也要把ＪＵＪＵ做好。

怎麼忘了第一次上醫院時媽媽就一直陪在身邊呢？媽媽聽我說懷孕時，雖然氣得罵：「明明還不能負責，兩個人就只顧亂搞！」但還是很擔心，一直坐在這裡。想起媽媽那時的臀部形狀，彷彿聽到貼在窗玻璃上的楓葉和我說：「現在是現在啊。」不覺平靜下來。

媽媽那時雖然滿腔怒火，仍輕輕哼歌，令人訝異。

重要的是嬰兒，那即將來臨的生命。

讓人想起這些往事的形狀美麗的葉子。

宮坂的email適時傳來。寫著：

「有包子，來吃不？」

心情整個放鬆。

此刻，我覺得好幸福。比以前坐在這裡的時候還幸福。

那時我自以為沉溺在不幸的深淵，但身邊有如今已不在的媽媽，因此，任何時候我都是幸福的。

我茫然看著窗外。帶著如莎樂美微笑仰望天空時的愉快表情。

診察室的門打開，蒼白的夕子飄然走出來。裙襬飄飄，像植物般輕搖。

「沒事吧？」

我站起來，拉著夕子坐下。

「呀，現實的世界好多衝擊噢，機器啦、醫生的手啦，啊，好驚訝。」

夕子小聲說。

「怎麼樣？」

「已經有胎兒，都有心臟了。」

夕子說。

「恭喜。」

我說。

「對不起。」

夕子說，緊握我的手。

「這不是對不起的事，一點也不是。這是喜事！」

我說，火速mail給進一。

十分鐘後，臉色蒼白的進一搖搖晃晃地趕來。

夕子沒有說話。

進一緊緊抱住夕子的肩膀，兩個人像變成小小的一塊。進一讓夕子坐在腳踏車後座，再三和我道謝，然後離去。

加油！新手爸爸和媽媽。那種感覺對嗎？沒問題，一定沒問題。

這個黃昏的天空、清澈的空氣、還有第一顆星星，肯定在這十五分鐘的歸途上，把他們培養成爸爸和媽媽。

我站在楓樹下，興奮地目送他們。

去喝杯熱茶、吃個包子、幫忙打收銀機發票也不錯啊，挺忙的。黃昏時書店裡擠滿學生，得監視有沒有人偷書。宮坂說，好學校的學生往往比壞學校的學生愛偷書。

這個時候去，正是其時。沙沙踩著一地枯葉，走向宮坂書店。

再見，我的青春。那裡面的小小悲傷心靈。

當新的成員來臨時，自然產生新的任務。會聽到在店裡跑來跑去的小孩腳步聲。又增加一個我們家漢堡養育的孩子。未來被閃閃發亮但還看不見的光包住，像靜靜發酵的麵糰，膨大變甜。媽媽做的事情，在她死後，依然沒有結束。

這些成員怎麼全部都在？感覺奇怪的傍晚。

大川的雜誌來採訪我們，各式各樣的人跑來看。

JUJU經常接受採訪，號稱老街名店漢堡屋。

尤其是當過模特兒、能言善道的「活招牌」媽媽在的時候，電視攝影機常常扛進來。

這次是媽媽死後，第一次接受採訪。

如果莎樂美出場，會是打扮得漂漂亮亮、突顯自己身為模特兒的場面，但是我不會，只穿著普通，化上淡妝，就到店裡。進一有點亢奮，爸爸完全像平常一樣在做漢堡。

動作俐落的攝影師和助理、強烈的燈光和反光板，提高了現場的緊張感。大川也和平常不同，以工作中的表情做出各種指示。我代替那兩位口拙的人，接受訪問。

這時，宮坂一副沒甚麼了不起的表情進來吃飯，我有點慌，上前一步。

這些我們這區最好的成員齊聚一堂，我感到驕傲。沒有一個是古怪、實力不足的，大家聚在一起，彼此互助合作。

我甚至覺得，我們像水槽中的水藻，不對，是微生物，互相牽連成為一個生命。

雖然各有各的私生活和各種側面，但彼此仍有關聯，無限擴大。

這個無限在小小的縫隙中無盡擴大，因此旁人看來，只是普通的漢堡店，但環繞JUJU的這個宇宙，其實廣大濃厚得驚人。現在包含著所有的過去，和宇宙的星星一樣，像充滿生命的太古之海。

其實，每個人都是這樣，但以為被察覺後，社會就不能成立，那就糟糕了，因此都巧妙地隱藏起來，很難被察覺到。藝術家、漢堡師傅、科學家，總之，這些想揭穿世上祕密的每個人，一直不斷在揭穿那個，因為這種追逐遊戲最為刺激。

大川同時打開錄音機和iPhone的語音備忘錄，放在我前面的桌子上。

強光打在我臉上，店裡比往常明亮。

「現在，這家店有進入第三代的感覺，想請教一些關於你過世母親的事情。」

大川說。

「請說。」

我點頭。

「我是前模特兒老闆娘的大粉絲，想為她另外寫一篇文章，有甚麼小故事能告訴我嗎？」

大川問。我回答。

「媽媽買了一個小小的牛布偶，為它做了供養的祭壇，每天上香，向牛道謝。這件事雖然沒有人知道，但我覺得合情合理。恰到好處，沒有過與不及。這個可愛的行動，對我來說，就象徵著媽媽。媽媽隨心所欲，有亮麗的一面，也為這家店帶來活潑氣息。如果只是做個老闆，這家店就只是一家頑固老闆開的好吃漢堡店而已。」

「你們有很多老顧客哩。」

大川說。

「對我們來說，不管他們在哪裡做甚麼事，只要在這裡，就像家人一樣。雖然沒有骨碌碌盯著他們，也會知道他們的狀況，啊、今天精神不錯呦、臉色不好哦、有心煩的事情吧。老闆會依據他們的狀況，微妙調節煎烤的時間和調味。」

我說。

「真的嗎？」

大川一臉驚訝。

「是真的，我只能說，那是一種直覺，但客人一再回頭來吃，那樣做大概也切合他們想要的吧。老闆確實看到顧客。那種被看到的感覺，讓老顧客感到溫暖。老闆自己也能繼續做漢堡不膩，疏忽其中一盤，便會後悔一生。有人沒吃完剩下時，也不要在意，這是上一代的教導。」

我說。

「令祖父那一代是西餐廳吧？」

大川問。

「是的。我不知道那時候的情況，但應該就是那樣。第二代的老闆自認為不夠靈巧，決定專注幾樣商品就好。老闆遇到媽媽時，日本正逢高度成長期。美國文化如夢想般引進國內。雖然現在一切都變了，但在當時，這種型態正是夢的世界。牛仔、流蘇、木屋。淡咖啡和馬克杯。鄉村音樂、冰的瓶裝啤酒。鐵板上滋滋作響的肉塊。老闆和媽媽發揮了那個時代和夢想。媽媽是模特兒，喜愛作夢，她是海外歸國子女，可以過著遊戲的人生。但是談戀愛後，選擇和老闆一起經營、充當活招牌的人生。媽媽的人生像被美麗的泡泡包住，像夢一樣。我有時也覺得背負著那個時代。媽媽直到最後，都和現在的老闆站在店裡。她是過年時走的，一天也沒休息。媽媽在店裡倒下、死去。我覺得，能夠那樣死去，很好。我不像媽媽那樣會說話、個性開朗，但我完全不介意別人說我『她在店裡就只會笑』的人生。」

我說。

「現在是第三代主廚掌勺，有甚麼變化嗎？店的感覺有改變嗎？」

大川問。

「第三代的優點是正確嚴密。本來，他的煎烤功夫還不行，但能非常正確觀察老闆的作法，所以不曾失敗。還有，他有節儉的一面，所有材料都物盡其用。絕對不會受眼前的事物影響，突然改變店內裝潢和菜單。老闆和我都信賴進一這點。」

我回答。

「謝謝你接受訪問。」

大川說完關掉錄音機。我有點想哭。

宮坂笑嘻嘻地為我鼓掌。

好像只有來這裡才能見面，進一的父母都來店裡看進一。如果去家裡，有奇怪的夕子，他們也不知如何應對吧。

在這個意義上，或許，是夕子守護著進一。

那天晚上來的，是進一的母親。

他父親大概三個月來一次，想要零用錢的時候就來，他母親隔個一年多才來。

雖然遺憾，但他們以前錯過的許多事情不但沒有消失，在某一意義上，直到今天還繼續滋長。

進一的母親非常豁達，當年放棄孩子的時候也平常地說：「只要在那裡，隨時可以見到。」是因為這種感覺嗎？那冷淡的形式在表面上有點像夕子，這最讓我難過。

「這裡是用油的店，但隨時都那麼乾淨。」

進一母親的語氣不變如昔。

我特別喜歡進一的母親。因為她的生活色彩有種微妙的統一感。丹鳳眼，穿漂亮的衣服，有點胖。有一種醫生身邊的人才有的獨特清潔感。

「想吃甚麼？」

我問。

「小美越來越像媽媽了，那兩條細長的腿，一模一樣。」

進一的母親說。對於放棄自己的孩子，她的罪惡感總是零。

「有漢堡嗎？」

「好。我去叫阿進過來。」

我說。

進一聽了，因為在忙，只默默搖頭。伯母盯著另外兩桌客人，等候漢堡。那種堂堂的壓迫感，讓人覺得真不愧是進一的母親。她像置身在不合身分的骯髒地方，不太碰觸桌椅，也還穿著外套。甚至像是因為有趣而想多停留一下。

漢堡送上桌後，進一的母親很快吃完。那是讓人想用「一掃而空」來形容的態勢。不是大口咀嚼，而是高雅地運用刀叉三兩下擺平。我看得出神。

「以前人家就說我吃東西很快。」

進一的母親說，晃著肚皮。

「很精采的吃相。」

我說。進一的母親哈哈笑。

「你說話真有趣，小美。」

說著，拍拍我的肩膀。

進一從廚房出來，他母親說：

「呀，變結實了，都站著工作的關係吧？」

「對，每天動個不停。」

進一淡淡地說。

進一巧妙表現出沒有不耐、也沒有嫌惡的心情。這也是值得尊敬的態度。

「你還好吧？」

「有點糖尿病的徵兆，可是阿進的漢堡，非吃不可。」

進一的母親笑了。像少女的笑容。

進一總是說，我恨她，但無法討厭她。他以後也是這樣吧。

進一的母親以前也說，孩子不是自己的東西，在世上任何地方撫養，只要偶爾見見面就好，這樣不是能早點獨立嗎？她一定真心這樣想。我媽媽是黏著進一、到哪裡都會擔心他，和她正好相反。

「我多放了約五十公克的肉。」

進一咧嘴一笑，

「這樣會縮短壽命呦。」

「如果是被阿進縮短，我完全不在乎。」

進一的母親笑著說。

這已經沒法子了。我總是抱著同樣的感想。已經不是能說這個怎樣那個如何的狀況，是已經沒有辦法了。

「真的走到不同的世界了。」

她懇切地說。

北市衛粧廣字第 1020760I 號

台灣歐舒丹服務專線：0800-087-654 loccitane.com.tw L'OCCITANE en Provence -Taiwan

5 huiles essentielles essential oils
草本修護系列
全新配方 全意呵護
8/29 嶄新上市
L'OCCITANE
shampooing réparateur
5
repairing shampoo
cheveux secs et abîmés
dry and damaged hair
L'OCCITANE
après-shampooing réparateur
5
repairing conditioner
cheveux secs et abîmés
dry and damaged hair
本修護洗髮乳Shampoo 300ml NT. 880
本修護潤髮乳Conditioner 250ml NT. 880
L'OCCITANE
EN PROVENCE
台灣歐舒丹服務專線：0800-087-654 loccitane.com.tw L'OCCITANE en Provence -Taiwan

若是青春期的進一，或許會說，是你拋棄我的。

或許，進一不會來做漢堡，而會成為嗜好登山的醫生。因為他的手很巧，很可能這樣。

可是，現在進一在這裡，挪動肩膀揉搓牛肉，肩膀的肌肉充滿彈性。他有太太，也有我們，還有店，更有責任，他確實在這裡。我不曾像此時這樣認定。他的背影說明了全部。這裡是養育我的家，是我的工作場所。

「我很快樂，感謝這個人生。」

進一說。

「真的沒有厭惡耶，那個眼神。」

進一的母親有點落寞地微笑，繼續說，

「嗯，認真的眼神，專業的眼神。」

這時，爸爸走出廚房，和進一母親聊了一下景氣、最近的情況和進一的情形。

這也是一再重複的事情，只是以前的這幅光景中，必定有媽媽在。媽媽會毫不做作地點頭、微笑。在這缺了一角的風景中，兩個人看起來都很老。就像內容不變、只有外型顯得有點過時的東西。進一像往常一樣，默默走進廚房，開始收拾。所有的動作都滲出小小的悲哀與憐愛。

進一的母親在收銀機前說：「算是贊助吧！」要給一萬圓。請別這樣！我把鈔票推回去。但她怎麼也不肯收，快步走出店門。沒有回頭、像是跳舞的背影火速攔下計程車，瞬間遠去。我在心中揮手。

他們確實有著各自的人生，並非彼此討厭，卻走上只能分開的分離之路。

「如果要來，乾脆一起來好了！」

進一說。

「是說伯父和伯母嗎？」

我訝異地問。

本來一邊擦著桌子一邊聊天，我停下手。

「你希望他們復合？」

我說。事情能那樣圓滿嗎？

但是進一搖頭。

「肯定不是。只是，這樣岔開而來，我好累，一個一個招呼。」

「我可以理解。」

我說。

想到他們只要活著，必定輪流過來，就無法坦然高興。進一也可憐。如果是完全被父母拋棄，感覺還比較輕鬆吧。但他不是那樣的人。

好像是夕子不喜歡，所以進一告訴他們，不要到家裡。實際上，夕子是個怪人，他們也只能來店裡。每次來，都同樣展現對照的吃法和付帳方式（雖然有一個不付錢），然後離場。像是尋常可見的短劇。他們沒有察覺自己在演喜劇，每一次都錯失可以挽回甚麼的機會。

當然，我也徘徊在同樣的軌道上。

因此，看到他們，彷彿也看到對進一態度誇張的我，那令我感到難過。

「雖然是父母，但就是不怎麼動心。」

進一說。

「進一心裡肯定有個聰明可怕的東西。」

我說。

「那種東西，每個人都有。」

進一說。

「話是如此，但……」

我說。

「當停下一切的時候，會覺得對那件事毫無罪惡感的自己很過分。」

進一說。

那是高尚，也是殘酷。是他從那樣的父母繼承而來。也是我爸媽一直努力想為他減去的東西。

進一繼續說。

「因為小美已有對象，我才敢說。我就要當爸爸了，絕對不會成為那樣的父母。」

「很自負哦！」

我笑說。不知為何，覺得自己此時的笑容很像媽媽，感覺媽媽和我一起在笑。

「我沒那麼固執。那個人有點呆，但是個好人。」

進一說。

「他才不呆呢。」

我說。

「希望是。」

進一說。

「進一說這話，是總認為自己腦筋特別好吧？無所不能，可是別人都不理解。你都這麼認為吧！」

我說。

進一想了一下，慢慢回答。

「嗯，我剛辭職時，是有點那種想法。對任何事情都沒有罪惡感。每天早上起來，煮杯香醇的咖啡，望著窗外，悠然品嘗。晚上吃JUJU供應的東西。訂計畫，作準備，自己一個人或是跟著團體去登山。好幾次差點因為驚險的錯誤而出意外，或許，我打從心底盼望，在自己負責、自己要去的地方因自己的錯誤而死。」

「那不是很好嗎？也不是毫無反省嘛！」

我說。

「我不知道怎麼形容那種情況。但我是頭一回這麼想。是自己工作不適任，對公司很抱歉。不是公司不好。」

進一說。

「噢，這個啊，我懂。」

我說。

「後來遇到夕子，腦袋像被重重擊中似地著迷，我覺得已經夠了。登山、牛排店……店裡有阿姨、叔叔和小美，還有夕子。為了擁有這三項，我甚麼都願意做，就這麼做。我對父母、世事都沒興趣，不想發財和出人頭地，也不需要其他嗜好、朋友和女友。我現在已經滿足，沒有煩惱。一點煩惱都沒有。只是，他們突然出現，對我的心臟不太好。他們雖是我的父母，但不是我的人生，我想這麼認為。」

進一說。

「我想，這是可以做到的。」

我說。

「以前，我不想變成我爸媽那樣，想跑得遠遠的，但只是想而已。那樣的父母是本末倒置吧？漫無計畫，隨興所至，只看重自己。可是我把登山、夕子和JUJU都看得一樣重。雖然最後還是我自己決定，但我無條件承受、接納。

在我無所事事的那段日子裡，有一天，邊看漫畫邊吃飯時，突然覺悟。

雖然領悟得太遲。

我這樣遊手好閒，也不去賺錢，可是這些人甚麼也不說。沒有說教。也不說收養你是希望你繼承家業。當然絕不會說，是為了要你繼承家業才收養你。他們只是等待。那是我沒從父母身上繼承到的信賴。

我凝視叔叔煎漢堡的姿勢。阿姨用白皙乾淨的手，端送餐點給客人。鐵板很重，阿姨總是說膝蓋痛、腰痛。用這一個個漢堡累積起來的錢，供我去讀大學。我真正明白了。更重要的是，我想過這種生活，我要在這裡一直工作到老，和美津子結婚。」

進一說。

「不管怎麼想，終究沒做到。」

因為太感動，我含淚聽著，但聽到自己的名字時，突然害羞起來。

「可是，那時候，小美已經遠到我挽回不了的地方了。我知道我們已經不可能像叔叔和阿姨那樣。我好像想得太深。一旦想得太深，便失去男女的平衡。我們已經各自進到不同的世界。也好，就算只有我一個人，也要這樣做。於是去上烹飪學校，不久，遇到夕子。」

進一說。

「我在店裡出生，好像一半身體也變成店的機器人，和店成為一組。」

我說。

「所以，我想改變我們的關係為經營夥伴。」

進一說。

「這樣聽來，我就放心了。」

「女人好像真的都是這樣。雖然語言是最不可靠的。」

進一笑說。

我也笑了。

「我很卑鄙，覺得幸好夕子是個怪人，否則，夕子能健康出門的話，你們兩個經營這店就行，不需要我了。」

說著，我又眼眶含淚，自己都訝異。

進一凝視我，然後說：

「我不會那樣做。這家店始終是小美的，我只是來幫忙。」

我擦掉眼淚，點點頭。

「能夠這樣一起來大學玩，真好！」

我說。

中午去吃關東煮，回來時順路去附近的國立大學校園散步。

宮坂看著我的眼睛，和進一看著裴洛、夕子時的眼睛一樣，沒有一絲陰靄。

深切地讓我感到，他沒有甚麼時候牽手、怎麼做才能接吻這些生分的想法，就只是疼愛著我而已。

在戶外的他，表情更濃之外，姿勢挺拔，簡直就像騎馬而來的王子。

「為甚麼沒上大學？」

宮坂問。

「進一上大學後，我就在想，早點去店裡幫忙比較好吧？那時候我們家經濟有點緊。不過，我在自學，有意識地看了很多書。」

我說，

「而且，我希望進一上大學，甚於我自己上大學。我沒有想過，進一不是我們家的孩子，為甚麼還要供他上學？我爸媽也沒這麼想。爸爸只是對我說：『你是不是也想上大學？如果是，就告訴我！』但我毫無猜忌，我打從心底認為進一是我的家人。」

「嗯，我非常理解。」

宮坂說。

宮坂穿著皮夾克，陽光照在上面，閃現美麗的光澤。

「那件夾克像牛，很漂亮。」

我說。

「牛？」

宮坂表情訝異。

「肉牛。」

我笑了。

宮坂瞇起眼睛，然後咯咯大笑。

男人的肩膀，男人的力量。前妻為何無法從這個人身上引導出男性氣概呢？這麼龐大的沉眠礦脈。我像凝望遠山一樣看著他。

不曾互相傾訴喜歡，也沒確認彼此是否有戀人。但是我們心意相通，靜靜加溫甚麼。

那也是我和進一因為太貼近、終於失控而沒能慢慢加溫的東西。我們極盡貪婪地將它消耗殆盡。其實應該像這樣慢慢加溫的。

「下回，開車去千本松牧場吧？」

宮坂說，

「去看牛。」

「好啊。」

我說。

「現在只有店裡的小貨車。」

宮坂說。

「可以呀。可是，感覺那裡只有乳牛，有肉牛嗎？」

我說，

「開小貨車去，可以把牛載回來。」

宮坂笑了。

「將來能一起去外國的牧場玩就好了！我喜歡看綠草的顏色。」

我想觸摸他夾克的光澤，伸手輕摸。不是挽著胳膊，只是輕輕觸摸。這塊肌肉是因為每天搬出紙箱裡的書而長出來，不是健身房裡鍛鍊出來的，是生活中鍛鍊出來的柔軟緊實肌肉。絕不依賴打工的人，親自打開一箱一箱的書，放入書架，重新排列，掃掉灰塵。不去夜遊，也不浪費。唯一的奢侈是買書，真正愛看書的人。

「我想規畫一區出租電子書，一定很愉快。」

宮坂說，

「既然這樣，索性做個書迷專屬的書店。只利用裡面的角落就好。別處的行家也會來。」

「很好，不帶自己的PC去也行。」

「嗯，費用一律一百圓，總之要很便宜。一切都自己動手，短時間就能完成，到時，可能會有阿嬤帶著孫子來玩ipad。」

「你能夠回來，太好了。」

我說。

「嗯，真的很好。我一直懷疑，自己在那裡究竟能做甚麼？因為我知道自己喜歡書。」

宮坂說。

「不是攝影？」

我說。

「雖然我覺得自己也蠻適合當照相館老闆。」

他說，

「但是現在，我很高興在書本的圍繞中，看到來書店的人，會不自覺微笑。我想把書店改裝成像博物館一樣，也想放些與書有關的商品。讓它成為不輸ＪＵＪＵ的老街綠洲，ＪＵＪＵ的廣告傳單隨時可以放在這裡。」

我說。

「讓我用那個插畫，我直接去找朝倉世界一先生談，抱著媽媽的遺像。」

「那樣做，人家很難拒絕的，不好意思吧？」

他笑說。

「進一剛去上班時就知道自己不適合，你們在這方面都很厲害。看來，做過一次不適合的工作就會明白。」

我說。

「小美呢？」

他問。

「甚麼事？」

我說。

「做過不適合的工作嗎？」

他說。

我認真思考。

「沒有，勉強說的話，是應對客人時不像媽媽那樣流暢。」

我說。

「那個沒問題的，很多人光是看到小美就感到幸福。」

他說。

「沒那回事。媽媽是模特兒，我沒得比。年輕時候的媽媽真的很俐落，有點隨性，也有華麗的氣息，店裡好像是媽媽的舞台。我一輩子也趕不上，我很土。」

我說。

「你真的這麼想啊。」

宮坂凝視我，用無比溫柔的眼神。

我有點害羞，不小心絆到石頭，自然抓住他的手。他像柔道似的順勢接住我，一起倒在銀杏落葉上。我們倒進偏離小路的雜樹林中。

「怎麼倒進來了？」

我說。

「就這樣待一下。」

我聽到宮坂心臟噗通噗通地跳。

不知不覺中，他的臉就在頰邊，我們臉頰輕碰。他的嘴唇和我的嘴唇像磁鐵般互相吸引、黏住。我閉著眼睛想要確認，我真的在這裡嗎？這世上真的有這個人嗎？那乾燥堅硬的嘴唇感觸似乎在說，不管別人說甚麼，我就是非你不可。

感覺已無法逃避。現在正在開創今後的路。將會看到很多我不喜歡他的地方，以及更喜歡他的地方。今後，也將在這附近範圍內，每天一起走在往返彼此之店的路上。

「時間，」

我說。

「慢慢來。」

他默默點頭。我們暫時在落葉堆裡相擁，一直坐到屁股發冷。好想就這樣變成樹林的一部分。忘記我們是人，而只是一團溫暖。

感覺渴望的不是身體，而是存在本身。

我理解這個眼神，男人喝醉似的茫然望著遠方的脆弱眼神。

這和進一遇到夕子後的眼神相同。現在，我是我，也不是我。像是超出我自己的東西，支配他的世界。

我想悄悄拾起他的誤解，完整地送走。

因為我們肯定會長久在一起。

那天晚上快要打烊時，店裡只有來吃漢堡的宮坂和大川，我和爸爸沒當他們是外人，逕自談起旅遊輕井澤的計畫。我們聊著甚麼時候去、如果不早點預約就沒房間、進一能帶夕子去的時間等等的。聊著聊著，宮坂突然開口。

「我差點忘了，去年沒和前妻和家人說，就預約了那裡兩個房間，還沒取消，我想，今年是去不成了，你們就代替我去吧。」

我們都轉頭看著他。

「不要那樣大聲！」

進一牛頭不對馬嘴地說，大川笑出聲來。

「當時，我沒想到會走上這樣不同的人生，和往年一樣，預約了差不多的日期。」

宮坂的表情深刻中帶著愕然。

我想像他和前妻、母親走在櫟樹、錐栗樹林中的身影。

如常的旅行，如常的安心旅伴。

我點點頭，是的，我懂、我懂。

這種事情最令人驚訝，也最平常。

「兩間房可以住多少人？」

我問。

「四個人吧。」

宮坂說。

「一起去嗎？」

我問。

「我不去。」

宮坂說。

「來嘛！當然不用出錢。」

爸爸說，

「如果出了，就別再跨進我們這裡。」

「你搞錯了，說這論點的人應該是我吧？」

我說。

「那，你、進一和夕子住一間，我和他住一間。」

爸爸說。

「不可能！」

我說。

「我這次真的不能去。」

宮坂笑著說，

「因為關於母親的回憶還很多。」

「就是這種時候才要去啊。」

爸爸說，

「改寫一下。」

宮坂霎時一臉驚訝，他這樣反應，我很高興。

「我明年再去。你們去吧。明年我要光明正大地和美津子住一間。房間錢我出。」

宮坂說。

因為出身良好，不知道金錢的辛苦。

如果進一的父親也能這樣想，世界就會改變。我這麼想時，發現自己仍未放棄世界隨時會改變的期望。

「你們、要結婚嗎？」

爸爸問。

「我是以結婚為前提而交往。」

宮坂說。

我真想逃開。

雖然想逃開，但還是高興。心中的一點點不愉快形成漩渦。這是人類全體做出的演技。是已定的角色。帶著只能配合演出的基因，自今而後，只為這個人生兒育女、看店，多麼無聊。

可是，除了這些，還是有開心的東西。那是我騎在人生浪頭上的感覺。

那一切混雜在一起，我只能臉色暗紅地低著頭。

「我們店裡沒有小美，生意就做不成了。」

爸爸雖然這樣說，但有點高興。

「書店有我父親和我就夠了，而且，沒了這裡，我也很困擾哩。」

宮坂說，

「或許，白天過來幫忙一下的可能性，我不敢說沒有，但還是以美津子的健康為重。」

真是天真。

我雖然這麼想，還是高興得笑出來。

「很好啊！明天開始，白天就過去幫忙吧。」

爸爸乾脆地轉換話題。

「你不要擅自做主。」

我說。

「我父親還很健康，交往的事我會告訴他，正式介紹美津子。」

「交往，我都還不知道哩。」

我說，大川又噗哧而笑。

媽媽雖然不在了，我們依然重複著一樣的孕育新生兒、加入新家人的家庭連續劇。雖然一樣，但我不覺得無聊。

宮坂會怎樣改變？值得期待，雖然是以後的事，但我會不會在那家婦產科生孩子，是一個重點。明年一起去輕井澤時，他是心情沉鬱還是滿懷新的幸福？我可以每天觀察這無法預測的樂趣。

「我還想再自由一陣子。」

宮坂離去時，我小聲對他說。

店裡還有其他人的談話聲和音樂，很吵，幾乎蓋掉我的聲音。

「對不起。」

宮坂說。

「在昨天以前，我們的關係甚麼也不是。去店裡時，彼此也不特意宣布甚麼。可是，我們彼此都最重視對方，周圍的空間和書本輪流和我說話的那種感覺，非常幸福。感覺有一種弄清楚後反而會被破壞的東西。」

我說。

生平第一次這樣和男人撒嬌，連我自己都驚訝。

「那就盡量慢慢來吧。悄悄地，以蝸牛的速度。這樣，人生也會變長，我們也能長久在一起。」

宮坂說。

這個感覺太模糊，我只是微微笑。像手機圖案的小小笑容。

宮坂也咧嘴一笑。

「明天見。」

然後消失在黑暗中。

想到那雙皮鞋和發出牛味的夾克都是和我有關、可能還會一起生活的東西，還是高興。

毫不高貴、也沒大錢、只是書籍雜誌小小報導一下就消失的默默無名眾人。

擁擠在城市角落的小生命群。但是不是真的小？上帝也不知道。不讓人看到這個祕密的廣大，也不讓步。究竟有多大？有多厲害？不讓你看到，只能讓你輕輕抱著。或許，我們真的是互相妒忌、互扯後腿、吃光對手生命以求生存的存在。不那樣拚命的人，只有極少數。將來看到夕子的寶寶、肯定會微笑逗弄好幾個小時的我，或許是傻瓜。可是，我喜歡生命。隨時都看著開朗的一面。我仰望不知是否存在的上帝，人不就是這樣持續走到這裡的嗎？

可是，仰望天空時，那裡只浮現媽媽的笑臉。

結果，真的是我們四個去輕井澤。

在秋天結束的時候。

爸爸、我、進一和孕吐結束的夕子。

一進房間，我立刻把媽媽的照片放在客廳的大桌上。對她說，沒有血緣的孫子也一起來了，好好享受吧，媽媽。

地上的人小聲傾訴的聲音，會像潛水時冒起的小水泡般閃閃發光、飄到天國的親人那裡吧。我彷彿看見世界各地都在發送那美麗的小水泡。

我們全都參加媽媽想去的鼯鼠之旅。沙沙踩著落葉，漫步黃昏的紅葉林中。

想到宮坂和前妻走過這裡，心情有點浮躁。

明明只有接吻，卻訂下婚約的不可思議，讓我心情雀躍，但現實依然留著鮮明的過去。輕井澤如果能從他的腦中消失就好了。他在這樣美麗的地方度過的回憶，令我懊惱。

極不適合穿巴塔哥尼亞刷毛外套的夕子，只在林中走來走去，因為太不搭調，每回都讓我愕然從陰鬱的思緒中醒覺過來。

「我的衣服那麼惹眼嗎？」

夕子說，

「這是我生平第一次穿牛仔褲，可是肚子再大之後，就穿不下了。」

「非常惹眼，樹林裡的夕子，像《陰風陣陣》（Suspiria，義大利導演達里歐・阿真托（Dario Argento）的經典恐怖片」的女主角，讓人想到驚悚片。彷彿就要發生恐怖離奇的超常現象或凶殺案。」

我看著她說。

「明明是這麼健康風格的戶外休閒服。」

夕子微笑。

「空氣好清新，涼意和落葉的味道都沁入肺裡。」

那樣活潑的夕子行走時微微拖著一隻腳，但還是很美麗的動靜，覺得她適合融入大自然中甚於融入城市。

遵照指導員的指示，我們不敢驚動鼯鼠，只在落葉中拿著望遠鏡靜靜等待。媽媽會來這裡嗎？好可愛哦！感覺媽媽會比鼯鼠更可愛。

鼯鼠的巢穴清楚映在長臂攝影機的鏡頭裡。

親子三隻抱成一團取暖，呼呼大睡。

當我想著任何生物都想緊緊依偎在一起時，鼯鼠依序奔出洞穴，在微暗中大大張開雙手，飛翔而去。

那個大小幅度像一床棉被，我很驚訝。我說以為比這個小很多時，進一小聲說，你完全沒聽解說吧，小美想像中的，不會是飛鼠吧？即使在這山腳下，只要是在山裡，他都生氣勃勃。他以前是帶著甚麼想法去爬各式各樣的山呢？

雖然媽媽不在這裡，但爸爸卻像媽媽同在似的平靜。是完成了某件事情的心情吧。進一和夕子手牽手，望著鼯鼠消失的方向。想著要像鼯鼠一樣，組織家庭。夜晚一起睡在巢穴裡。

雖然還要花些時間，但是我會擁著那一度失去的家人……本該和進一生下的孩子、媽媽不在的家、以及更早以前還沒讓進一徹底失望的他的家人……在我心中交織的模糊混亂，慢慢建立我自己的家庭。

以不管這世間變動多快也不會被捲入的進展速度，慢慢融入眼前的每一天，對，如同他說的，像蝸牛的速度。

像每天同樣時間醒來、飛到樹林裡覓食、然後又回到巢穴呼呼睡的鼯鼠，在重複之中發現律動的美。只有心敏銳到彷彿能聽到死去媽媽的聲音。

下個星期又要把滋滋作響的鐵板端給某個人。

偶爾有人不來吃了，偶爾有討厭的人來，進一的父母也會來。無論如何，我會繼續下去。

確實做到身體不能動的那天為止。

第一次和夕子一起洗澡（因為從前她不出門，不可能一起旅行），有點緊張，但又不能讓孕婦獨自泡溫泉，必須緊緊陪伴盯著。

進入燈光昏暗的冥想溫泉，看起來更像幽魂的夕子。

肚子裡有寶寶的夕子。想早點看到寶寶的我。

每次覺得自己腦筋不好時，心中的媽媽就笑著說，沒那回事。是啊，所以我只會期待。小嬰兒的一切都是新的，手好小，哭泣時變成粉紅色，非常可愛的生物。

漆黑中朦朧看見夕子白皙的裸體，像在作夢。燈光照著輕輕搖晃的陰毛，還沒有突出的肚子雪白柔軟。

剛才看到的不是夢。

在通往冥想溫泉的陰暗隧道中，夕子毫不羞怯、堂而皇之讓緊跟在後面的我看到她背上有一條又長又大、像是刀傷的疤痕。

「身為武士，卻以背示人。」

起初，我不知說甚麼好。

「夕子，究竟發生了甚麼事？怎麼會有……那是手術痕跡嗎？」

裸體的我比平常更不知所措。

「不要問。」

夕子說。

我點頭，沉默。

有過甚麼事情吧。這個聲音一直在我腦中迴響，吵得我連眼淚都流出來。

「其實，是我小時候被刀砍到，差點死掉。」

夕子說。

「在這黑漆漆的地方不要說那些，好恐怖。」

我說。

「所以，對漢堡和牛排，我深有感觸。」

夕子說，

「因為我也體驗過生命變成肉的瞬間。」

她的眼神告訴我，她是認真的。

我沉默。沒有追根究柢。

然後，深深為自己感到羞愧。我曾經想過，總覺得害怕，不想再處理牛肉，乾脆忘掉媽媽做的事情，拿著炒地皮的人給的錢，當作嫁妝嫁人而去，不知有多輕鬆啊！

如果是莎樂美，她會說：「有錢能使鬼推磨，能和喜歡的人一起，也有錢拿，有甚麼不好？」雖然這麼說，但我還是會繼續端牛排吧。和伙伴們一起。

想甚麼是自由的，不做甚麼也是自由……，熱昏的腦袋茫然想著。

「進一也摸過這對豐滿的乳房嗎？」

夕子突然說，摸摸我的胸部。

「不，不是這樣的，放心，我們那時還是小孩。」

我說。

「那、真可惜。」

夕子拿開手，微笑著。但彷彿聽見她笑出聲音，真摯地笑著。

我突然想到，以前有過這樣親密相處的人嗎？

沒有比這更可喜的事了，但在漆黑的浴池裡，被有刀傷的幽魂似的女人揉著乳房，我還是想著這個。

「熱水泡太久，胎兒也會頭昏，該出去了吧。」

「好久沒到外面了，讓我再待一下。」

「那，我陪你。」

我說。

「回去以後，想要出門時，隨時找我，我隨時陪你去。害怕的時候，隨時來店裡，傍晚以後我都在。」

夕子在黑暗中微笑。

回到房間，爸爸已經睡了，我看看書，寫了mail，想再泡一次溫泉，走到漆黑的室外。

非常安靜，只有星光閃爍。

走到橋邊，看見望著河水的進一。

「夕子呢？」

我問。

「睡了。我想去泡溫泉，可是河水好美，想看一下。這地方朦朧幽暗，很像陰曹地府。」

進一說。

沒錯，這地方幽暗得甚至懷疑自己已經死了。

不知為甚麼，我覺得，這下，阿進、和沒生下他孩子的事情，全都扯平了。

是時間之流的氣氛太像河水之流，讓我那樣感覺。空氣緊繃而清新。

「你還記得山田峰子的最終戰爭系列嗎？」

進一說。

「迷死了！為了陸續收購絕版本，零用錢都花光了。」

我笑說。

「那裡面，有個奪走人們希望的美女提婆達多（Devadatta），是吧？還有一個被她迷住的人，叫做『唱』。起初，我認為夕子就是她，是把我誘向黑暗而無法逃脫的不祥存在。」

進一說。

「嗯，我好像可以理解，她的外表，和那種詭異氣息。」

我朗誦背下來的一段話。那些話語嘩嘩流入漆黑的河裡。

那人用晴天望著遠山的語調說
像死了一樣！
表情神往
我憧憬的是生命
因為不能說服那個人
不應該憧憬死亡
所以，至少讓他看看我憧憬的東西

「好懷念！」

進一說。

我們在壁爐前面不發一語、一口氣看完這個系列的年輕歲月，已經不再回來。也因為曾經有過那樣的日子，我們現在才可以這樣心有靈犀地一起工作。

阿進真正想要的是真正的母親。我噤回這句話。那是我媽、我和夕子都絕對成為不了、他也無法再得到的東西。

如果那個漂亮的母親珍愛進一、討回進一、絕不放開牽著他的手，該有多好。

人類很悲哀，一直被束縛在愚蠢的過失中作夢。

而那個夢，終究只是家畜的夢。

有一天離開這個世界時，我們的夢也會像牛排、漢堡一樣，被某個東西吃掉而消失。

不過，那樣也好，美味的漢堡中有著任何人觸摸不到的奇蹟空間。

就像人類不知道牛的靈魂，吃掉人類力量的東西也絕對得不到那個奇蹟。那個被尊嚴包藏的奇蹟之力、最後的閃耀。

就像人類無法藉著吃而真正得到想得到的牛的力量。

牛身體裡真正閃耀的生命精華，從死去的肉中消失，但即使只有那一點點的力量味道，人類也想得到，所以吃肉。

將來有一天，不吃也行的時代來臨時，我不可能活著，所以，現在至少帶著這份心思，站在店裡，為了能吃得幸福一點。

想到吃掉生命、生命被吃、藏在其中的絕對力量時，我明白了。沒錯，生命就是吃與被吃。

「其實，真的搞錯了，真是失禮的誤會！」

進一說。我回過神來。

「她啊，是人，透明、美麗，雖然奇怪，但活生生的。夜裡總是問我，睡著了嗎？睡著了嗎？我迷迷糊糊地不回答時，她就說，不要睡，媽媽。每次都說。然後哭泣。在黑暗中抽抽噎噎地哭泣。她過去一定有甚麼事情，她不想說，我也不知道。想到她是人，我就心疼不已。不管有多奇怪，我都會守護她和孩子。」

「嗯，那樣很好。」

我說，

「夕子身邊的花朵不易枯萎凋謝。我知道。夕子把花插在花瓶裡，每天對花說話、親吻花朵、換清水，讓鮮花持久。生命的力量在花和夕子之間美麗地循環。她是能養育的人，一定能把寶寶養得很好。」

我彷彿看見。

在前世和眼鏡蛇交換生命的緬甸女孩夕子。

喜愛眼鏡蛇、照顧牠、抱著「即使現在死了都會原諒你」的念頭去親吻眼鏡蛇而死的女孩，可憐也可愛的女孩。

好吧，咬我吧！即使被你咬死，也還是喜歡你。因為我只有你。

隔天早上也是風和日麗。進一和夕子在旅館附近悠閒散步，我和爸爸租了車子到淺間山兜風。

爸爸明顯恢復了精神。

心中的壘塊似已消失。

走出旅館不久，就注意到那家店。牛排和漢堡店。人很多，停車場裡滿滿都是車輛。

爸爸瞥了一眼，向左轉說。

「今晚那個雛壇御膳料理店的預約能不能取消？」

「可以呀，為甚麼？」

我說。

「我想去那家牛仔店看看，想嘗嘗看是甚麼味道？」

爸爸說，聲音就像元氣十足時那樣鏗鏘有力。

好啊，爸，當然要去嘗嘗，爸。既然來到這裡，我們要是不去看看，肯定會後悔。

雖然很平常地回答，但不知為何，我眼眶含淚，染成紅色和黃色的美麗樹林也變得模糊，飛馳而去。

全文完

後記

吉本芭娜娜

以前，王子（Prince / Prince Rogers Nelson，美國歌手）在臉頰寫上「SLAVE」時，我認為是某種玩笑，或是過度的諷刺。最近才真正懂得，那是他真心的表白。是真的，我們的自由在所有意義上，是奴隸的自由。

卡斯塔尼達（Carlos Castaneda，美國人類學家）也這樣說，很多人都注意到這點。

我不是主張「因此要革命！」我只是想把它置入故事裡，描述奴隸自由的無限可能性。

人類是貼近大地、帶著肉體的限制而努力過完壽命的生物。我覺得那是非常空虛但又非常美好的事。

以前，我真正感到消沉的時候，會像書中的人物一樣，每天要看《地獄公主莎樂美》，才能睡覺。

我誠心將這部小說獻給不斷描繪那種自由和心靈飛翔的朝倉世界一先生。伴隨由衷的感謝。

謝謝陪伴我採訪和創作的森正明先生、丹羽健介先生、總是有出色設計的大久保明子小姐。

也謝謝星野屋輕井澤。

感謝芭娜娜事務所的同仁。

就像我在莎樂美身上得到休息一樣，但願這部作品中出現的舊市區平凡人物，也能夠療癒各位讀者的心。

二〇一一年六月

藍小說826

地獄公主漢堡店

作　　者—吉本芭娜娜
譯　　者—陳寶蓮
主　　編—嘉世強
編　　輯—黃嬿羽
美術編輯—蔡南昇
執行企劃—林貞嫻
校　　對—陳寶蓮、戴偉傑
董 事 長
發 行 人—孫思照
總 經 理—趙政岷
出 版 者—時報文化出版企業股份有限公司
10803台北市和平西路3段240號3樓
發行專線—（02）2306-6842
讀者服務專線—0800-231-705・（02）2304-7103
讀者服務傳真—（02）2304-6858
郵撥—19344724時報文化出版公司
信箱—台北郵政79～99信箱
時報悅讀網—http://www.readingtimes.com.tw
電子郵件信箱—liter@readingtimes.com.tw
法律顧問—理律法律事務所　陳長文律師、李念祖律師
初版一刷—2013年8月9日
定　　價—新台幣250元

⊙行政院新聞局局版北市業字第八〇號
版權所有　翻印必究
（缺頁或破損的書，請寄回更換）

國家圖書館出版品預行編目資料

地獄公主漢堡店 / 吉本芭娜娜著；陳寶蓮譯. -- 初版. -- 臺北市：
時報文化, 2013.08
面；　公分. --（藍小說；826）
ISBN 978-957-13- 5802-4（精裝）

861.57　　102014142

JU JU by Banana YOSHIMOTO
Copyright © 2011 by Banana Yoshimoto
Japanese original edition published by Bungeishunju Ltd.
Traditional Chinese translation rights arranged with Banana Yoshimoto through ZIPANGO, S.L.
封面、扉頁繪圖：朝倉世界一
All rights reserved.

ISBN 978-957-13- 5802-4
Printed in Taiwan

マイナスイオン